ROMAN DE L'AVENT

MISSION CADEAUX NULS

Julien Hervieux
Diego Funck

AUZOU

BIENVENUE !

Es-tu bien sûr d'avoir été sage cette année ? Sinon, **voilà ce qui t'attend** !

Pour t'accompagner jusqu'au réveillon, voici un roman avec **un chapitre par jour** du mois de décembre et jusqu'à Noël. Aide-toi d'une règle pour découper les pointillés et ouvrir le chapitre du jour à la bonne date, comme avec un **calendrier de l'Avent** !

BONNE LECTURE !

1ER DÉCEMBRE

LUTIN
BONBON
CHOCO-LUTIN

PREMIER JOUR À L'AVENT-GARDE

— Allez, les gars, il ne nous reste plus beaucoup de temps avant Noël ! On se secoue les grelots, là !

Chef, le lutin en chef de l'atelier, remue tellement que son bonnet n'arrête pas de s'agiter dans tous les sens. Il fonce en braillant et en gesticulant vers une machine dont la cadence ralentit et manque de m'éborgner au passage.

— Mais qu'est-ce que vous me fichez ici, les p'tits gars ? Vous croyez que c'est la pause cigarette en chocolat ? On se remet au boulot !

Pfoulàlà, je suis teeellement content de ne plus être à la place d'un des pauvres lutins de l'usine ! Cravacher comme un fou toute l'année, se faire crier dessus par le chef d'atelier, j'ai connu.

C'est même pour ça que j'ai décidé de changer de poste. En plus, je n'ai jamais aimé porter le costume traditionnel vert des lutins ouvriers. Déjà, parce que c'est moche, et ensuite, parce que l'usine, c'est ennuyeux comme un cours de maths pour humains ! Maintenant, à la place, j'ai un super costard noir, des lunettes de soleil, mon bonnet pointu traditionnel orné d'un gros insigne doré, car je suis...

— Agent Gui !

Le chef d'atelier s'approche de moi et essore son bonnet plein de sueur. Beurk ! Ça sent comme toute une classe de sixièmes après un cours de sport.

Autant dire que je suis à deux doigts de rendre mes chocolats...

— Agent Gui ! répète le chef d'atelier. Ça va ? Vous êtes tout vert !

— Oui, oui, ça va !

Ça ne va pas du tout, mais je ne vais pas répondre « Tu pues ! », hé ! Je suis un lutin *professionnel* ! Je dois être aussi classe que mon costume. Bon, d'accord, je tire un peu sur mon nœud de cravate, mais j'ai besoin de respirer...

— Parfait, reprend le petit chef. C'est votre premier jour en tant qu'agent de l'Avent-Garde ?

— C'est ça ! Je suis venu pour la visite officielle traditionnelle. Dites, on peut y aller ?

— Vous êtes bien pressé, agent Gui ! Mais pas d'inquiétude : je vais vous faire faire le tour de cette usine. Elle est bien différente de celle dans laquelle vous avez travaillé, vous allez voir. Suivez-moi !

C'est vrai que mon usine était remplie de guirlandes et de sucres d'orge... Ici, il y a du charbon, de grandes marmites de liquides gluants, et au lieu des chants de Noël de mon ancienne équipe, on entend ricaner ! La dernière fois que j'ai entendu glousser comme ça, je me faisais courser par un dindon.

Chef m'emmène le long des chaînes de montage. Il enguirlande pour un oui ou pour un non les ouvriers qui y travaillent, mais bon, enguirlander, en décembre, c'est un peu la tradition !

Il s'arrête enfin devant d'énormes consoles de jeux, sur lesquelles s'activent des lutins qui jouent du tournevis dans tous les sens.

— Ça, c'est notre nouveauté de l'année : la toute dernière génération de plateforme de jeux vidéo ! Graphismes super réalistes 12K, 640 gigas de RAM, disque dur de ouat'milliards térabits… des millions d'enfants sages vont la recevoir pour Noël.

— Sauf qu'il y a un piège, pas vrai ? je souris cruellement.

— Eh oui ! Car nous, on la trafique, affirme Chef avec fierté. On la bidouille pour qu'elle permette

d'aller jusqu'à des boss super durs... et une fois qu'on arrive à les passer, paf ! Elle plante et efface les dernières sauvegardes, et il faut tout recommencer !

— Ah, ça c'est vraiment méchant, bravo !

— Un futur carton à coup sûr ! On a bricolé des heures, on n'en est pas peu fiers, reprend Chef. Mais rassurez-vous, on a aussi la version classique qui ne s'allume pas le jour de Noël, celle qui grille direct, celle qui bugue en boucle… Ça vous intéresse ?

— Oui, vous m'en mettrez une bonne dizaine de côté ?

Je sors mon calepin pour réfléchir aux noms de tous les enfants à qui je compte expédier cette fabuleuse console. Pendant ce temps, le chef d'atelier continue à crier sur les lutins de son équipe.

— Et ça, qu'est-ce que c'est ? Un papier cadeau bien fait ? Non mais vous vous croyez où, oh !

— Pardon, Chef, glapit un lutin en défaisant un ruban.

— Reprenons la visite si vous le voulez bien, agent Gui. Pardonnez cette interruption : un lutin ordonné, ici, ça fait désordre.

Chef me fait passer devant des lutins qui ouvrent des boîtes de puzzles pour en jeter une pièce, et nous nous approchons d'une partie de l'usine d'où proviennent des rires stridents. Ma mâchoire se décroche lorsque je découvre ce dont il s'agit.

Un lutin hystérique avec des feutres pastel gribouille sur des feuilles des rennes immondes et des flocons énormes.

Puis il jette ses feuilles à toute une chaîne de vieilles lutines qui, en ricanant, tricotent un pull avec le dessin monstrueux qu'elles viennent de recevoir.

— Et nous n'utilisons que la laine qui pique le plus ! me précise le chef d'atelier. Elle est testée en laboratoire pour envoyer des coups d'électricité statique, bien sûr !

Il s'arrête un instant et bombe le torse, très fier de ce qu'il me montre.

— Vous voyez ? On est parés pour Noël ! Et ce n'est pas tout : on a les chaussettes pas belles offertes par les mamies, le jeu éducatif pour apprendre l'anglais trooooop barbant, la machine à chocolats qui ont un vieux goût de crotte de nez... Bref, comme on dit ici, « Si c'est déglingué, c'est que ça vient de chez nous » !

J’adore ce slogan ! Il est même écrit sur l’énorme pancarte suspendue sous le gigantesque toit de l’usine, à côté de son nom : l’Usinulle.

— C’est super, Chef. Merci pour cette visite qui m’a donné des idées ! Comme vous le savez, en tant que nouvel agent de l’Avent-Garde, on m’a confié une liste d’enfants pas sages à punir. À qui dois-je m’adresser pour passer commande ?

— Comme c’est votre premier jour, je vais m’en charger, agent Gui.

Je lui tends ma petite liste.

Enfant pas sage	Motif	Cadeau pourri
Guillaume	Embête son petit frère	Console qui plante après le boss
Noémie	Se roule par terre comme un cochon au lieu d’écouter sa maman	Poupée qui perd un œil au bout de deux jours et a une vieille tête de pirate
Timéo	Pète en classe	Chocolats saveur crotte de nez

Une musique de Noël nous interrompt. C'est la sonnerie de mon téléphone, que je sors aussitôt de ma veste pour le coller à mon oreille.

— Agent Gui de l'Avent-Garde, j'écoute ? Il y a un nouvel enfant pas sage à punir ?

— Agent Gui, c'est une urgence ! me crie une voix paniquée à l'autre bout du fil. C'est pire que pas sage ! C'est terrible, c'est odieux, c'est monstrueux...

J'écoute, et je manque de peu d'en perdre mon bonnet.

On vient de commettre un crime INIMAGINABLE.

Là-dehors, il y a un enfant qui ne le sait pas encore mais je vais le chercher. Je vais le trouver.

ET JE VAIS LE TRANSFORMER EN PAILLETTES RADIOACTIVES, NOM D'UNE BOULE DE NOËL.

2 DÉCEMBRE

LUTIN
BONBON
CHOCO-LUTIN

EN DUO

Panique à l'Avent-Garde ! Toute l'agence est sens dessus dessous !

Et pendant que ça court dans tous les sens, c'est trop NUL ! Moi, je dois attendre devant le bureau de la grande patronne, celle qui dirige le service : N. Comme Noël. Une lutine si vieille que, d'après les rumeurs, elle aurait connu les Noëls avant l'invention de la guirlande électrique.

En tout cas, je l'entends qui crie dans son bureau. Avec sa voix fatiguée qui monte dans les aigus, c'est trop bizarre, on dirait que quelqu'un se fait rabrouer par une chèvre là-dedans !

— Entrez, agent Gui !

La porte du bureau s'ouvre, et j'y rentre en prenant mon air le plus sérieux. Ce n'est que mon deuxième jour et je suis déjà devant la grande cheffe, alors pas de bêtises !

Derrière son bureau, N ressemble à une vieille lutine tellement fripée que son bonnet pointu traditionnel ne repose plus sur sa tête, mais sur les plis de son front.

C'est à peine si l'on voit ses yeux là-dessous, mais je sais qu'ils sont posés sur moi... gloups !

Face à elle, sur une chaise, une petite lutine aux cheveux roux, elle aussi en costume cravate avec un badge de l'agence sur son couvre-chef, me regarde avec un air pas très aimable.

Gloups... mais je n'ai rien fait, moi !

— Asseyez-vous, agent Gui, débute N d'une voix ferme. Je vous présente l'agent Houx.

Elle désigne la lutine, qui tourne aussitôt la tête dans la direction opposée.

Mais ? Elle boude ?

Ça commence bien !

— Un crime odieux a été commis hier soir, reprend N. Un enfant non identifié a volé l'étoile du sapin du marché de Noël. C'est très grave. Cet enfant a réussi à déjouer notre surveillance... ce qui n'est presque jamais arrivé dans l'histoire.

À ces mots, le front de N se plisse un peu plus encore au point de ressembler sérieusement aux reliefs des Pyrénées.

Enfin je n'y suis jamais allé en voyage.

Mais quand même.

— Il faut enquêter sur le terrain pour retrouver l'odieux marmot et le punir comme il se doit ! s'exclame N. La plupart de mes agents sont déjà très occupés à préparer Noël, alors vous êtes arrivé juste à temps, agent Gui. Ce sera l'occasion de faire vos preuves. Vous allez donc faire équipe avec l'agent Houx ici présente pour résoudre cette affaire.

Houx bondit sur son siège et ses cheveux roux se hérissent.

— N, vous savez bien que je travaille seule !

— Dois-je vous rappeler qui est la patronne ? assène N d'une voix glacée comme une bûche.

— C'est… ahem. C'est vous, toussote Houx en se rasseyant.

— Bien. Vous allez faire équipe avec l'agent Gui ou, je vous préviens, ça va sentir le sapin pour votre carrière.

Houx croise les bras et, à défaut de sentir le sapin, ça commence à sentir le boudin.

— Très bien, conclut N. Cette affaire étant prioritaire, vous aurez droit à notre dernier cri en matière de gadgets et véhicules. Je peux compter sur vous ?

— Donnez-moi vingt-quatre jours et je résous cette affaire, assure Houx.

— Vous en avez vingt-trois !

N pointe du doigt le gros calendrier sur le mur de son bureau.

— Nous devons résoudre cette affaire avant le 24 décembre à minuit, explique-t-elle. Car si nous n'identifions pas le garnement, il ne recevra pas de cadeaux nuls pour enfants pas sages. Et si le Père Noël apprend qu'à cause de nous, il a gâté un garnement...

Nous frissonnons. Tout le monde sait que le Père Noël ne rigole pas avec les traditions.

Et moi, là-dedans ?

J'ai à peine le temps d'ouvrir la bouche que N nous a mis à la porte !

Je n'y crois pas...

C'est seulement mon deuxième jour à l'Avent-Garde et je suis sur une grosse affaire !

— Ravi de t'avoir comme coéquipière ! je tends la main à Houx en signe d'amitié.

— PREMIÈREMENT, rétorque-t-elle en serrant les poings, c'est TOI le coéquipier ! Moi je suis l'équipière, OK ?

Ohlàlà, je ne vois pas bien la différence, mais bon. Je hausse les épaules si haut qu'elles manquent de toucher les bords de mon bonnet.

— DEUXIÈMEMENT, ajoute Houx, si on nous donne une voiture, c'est MOI qui la conduis ! TROISIÈMEMENT...

— Troisièmement ?

Elle se gratte le menton, un peu gênée.

— TROISIÈMEMENT, c'est pas toi qui me demandes troisièmement, OK ? Je te rappelle que tu es un nouveau ici, alors que moi, j'ai vu au moins... huit Noëls ! Et je suis la meilleure profileuse de l'Avent-Garde !

— C'est quoi exactement, une profileuse ?

Houx cligne des yeux et soudain oublie sa colère pour éclater d'un grand rire. Ouf ! J'ai cru qu'elle était raide comme un patin de traîneau...

— Tu ne sais pas ça ? Une profileuse, c'est essentiel à toute bonne enquête ! Ça veut dire que je dessine super bien les suspects, mais seulement de profil.

Waouh, la classe ! Je vais être avec une vraie pro sur cette affaire. Même si elle n'a pas l'air commode.

— Alors, par où commence-t-on, agent Houx ?

— D'abord, il va falloir aller voir la scène de crime. Le suspect a forcément laissé des traces.

— Tu penses ?

— C'est un humain. Ça laisse des traces partout, les humains. Tu as déjà vu une plage après le passage de vacanciers ?

C'est vrai que les humains sont très sales et un peu bêtes : même le lutin le plus neuneu sait se servir d'une poubelle.

Mais pas les humains.

Certains lutins pensent que c'est comme ça qu'ils marquent leur territoire.

Les chats avec leur pipi, les humains avec leurs canettes vides.

— Tu as raison : c'est parti !

Houx secoue gravement la tête.

— Non, pas encore ! rétorque ma nouvelle coéquipière. L'équipe scientifique de l'Avent-Garde relève les empreintes. On n'a pas le droit d'y aller tant qu'ils n'ont pas fini, et à mon avis, ça va durer jusque tard dans la nuit…

Elle enfile ses lunettes de soleil et donne une tape à son bonnet pointu pour le faire pencher de manière cool.

— Demain, on va sur le terrain, agent Gui !

3 DÉCEMBRE

LUTIN
BONBON
CHOCO-LUTIN

MON BEAU SAPIN

À cette heure-ci, le marché de Noël est désert. Les boutiques sont fermées, et les humains ronflent à poings fermés. L'heure idéale pour sortir lorsque l'on est un lutin en opération super secrète !

— Prépare-toi à te geler les grelots, dit Houx tout en garant la voiture près de la gouttière d'un petit chalet. Il fait un froid à ne pas mettre un renne dehors !

Je profite de mes derniers instants dans la voiture de fonction de l'agence. C'est une voiture télécommandée pour petits humains qui a été bricolée par l'Avent-Garde pour que nous puissions la conduire. Toute noire, avec notre nom sur le côté et un gyrophare pour faire dégager les chats devant nous. La grosse classe.

Mais quand j'en sors, c'est surtout la grosse claque ! C'est glacial, dehors !

J'enfonce mon bonnet si fort sur ma tête que mes yeux en sortent à peine. Houx tente bien de faire la maligne, mais elle finit par m'imiter et s'enroule jusqu'au nez dans une écharpe rouge et verte probablement piquée à l'Usinulle pour être si moche !

— Mmm mmmm mmmf ! me dit-elle.

— Hein ?

— On se dépêche ! répète Houx en passant les lèvres au-dessus de son cache-col.

— Moi je veux bien, mais c'est par où ?

— Par là, pffff !

Elle pointe du doigt le gigantesque sapin au milieu de la place du marché. Waouh ! Il est aussi grand que la tour Eiffel ! Ouais, bon, je fais dix centimètres, d'accord, donc ça paraît plus grand qu'à l'échelle d'un humain, mais quand même !

L'arbre est recouvert de boules et d'énormes guirlandes jusqu'au sommet... où il est nu ! L'étoile de Noël a effectivement disparu !

Houx et moi nous approchons à petits pas, en prenant bien garde à ne pas être surpris par un humain égaré. De toute façon, à cette heure-ci, quand on en croise, ils ont généralement bu tellement de vin chaud qu'en voyant des lutins, ils ne sont pas plus étonnés qu'en croisant un éléphant rose.

Plus nous nous approchons de l'arbre, plus je commence à repérer des intrus cachés dans les branches : des lutins en combinaison intégrale blanche montent et descendent le long du tronc. C'est évidemment l'équipe scientifique de l'Avent-Garde, occupée à récolter tous les indices ! Pour empêcher des souris curieuses comme on en croise parfois la nuit de venir fouiner, ils ont tendu une grosse guirlande :

AVENT-GARDE – DÉFENSE D'APPROCHER

Je suis tout excité quand je passe au-dessous de la guirlande avec Houx. C'est la première fois que j'entre sur une scène de crime !

À peine avons-nous parcouru quelques centimètres qu'un lutin en combinaison blanche s'approche de nous en faisant claquer ses gants en latex.

— Ah, vous voilà ! s'exclame-t-il en soufflant sur ses mains. Vous devez être les agents Gui et Houx ?

— Houx et Gui, corrige ma coéquipière. C'est lui le nouveau, hé.

— Si vous voulez. En tout cas, enchanté. Je suis Horatio Renne, le chef de l'équipe scientifique. Et il a beau faire froid, je peux vous dire...

ARDE - DÉFENSE D'AP ROC
AVENT-GA DE -
ENS D'APPROCHE

Il enfile une paire de grosses lunettes, et relève la tête avec un sourire.

— ... que c'est chaud.

Je crois qu'il s'attend à une réaction, mais sa blague est vraiment trop nulle.

Houx hausse les épaules, et Renne toussote poliment.

— Tout ça pour dire qu'on a mis des paillettes partout pour relever les empreintes, et on a affaire à un enfant déterminé. D'après ce que nous avons trouvé, il a attendu la nuit pour grimper dans le sapin, s'est hissé jusqu'au sommet...

— Malgré les épines qui piquent ?!

Non mais c'est vrai quoi ! Ça gratte grave ces trucs !

— Oui, malgré les épines qui piquent, confirme Renne en hochant la tête. Il était visiblement bien décidé. Une fois en haut, il a volé l'étoile, et est redescendu à toute vitesse, au point de rater quelques branches.

— Comment savez-vous qu'il a raté des branches ? demande Houx.

— On a trouvé un impact de fesses par terre.

Renne attire notre attention sur des traces de fesses entourées de paillettes que ses lutins prennent en photo. Effectivement, il y en a un qui a dû se faire mal.

— Je résume, dit Houx. On cherche un humain très motivé, suffisamment casse-cou pour grimper dans un sapin super haut, mais pas assez doué pour réussir sa descente ?

Tout en parlant, elle griffonne sur son calepin. Et finit par nous montrer un dessin.

Un jeune garçon, les larmes aux yeux et qui se tient le popotin, d'un rouge particulièrement éclatant.

Elle a changé de crayon exprès pour le colorier. Le tout est dessiné de profil.

— Balaise ! s'exclame Renne. Vous faites super bien les profils !

— Je suis profileuse, rétorque Houx avec un ton de fausse modestie.

— Quand même... costaud ! continue Horatio, l'air impressionné. Mais bon, si vous voulez plus qu'un dessin où un larron a les fesses plus rouges que le manteau du grand patron, on a mieux à vous fournir. Hé, les gars ! Apportez -moi les empreintes !

Un lutin tout moulé dans son latex s'approche de nous. Une main pour tenir son bonnet, l'autre pour brandir un sachet en plastique, il révèle quelques bouts de carton contenant des empreintes pailletées de doigts humains.

— On le tient ! dis-je joyeusement. Avec ça, on n'a plus qu'à croiser les empreintes avec la base de données des enfants pas sages de l'agence, et on va le trouver en moins de deux.

— Hmm, pas tout à fait, me répond Houx d'une voix désabusée.

Je me tourne vers elle, étonné.

— Ah bon ? On n'aura pas les résultats dès aujourd'hui ?

Ma coéquipière me fait signe de la suivre vers la voiture.

— Mon pauvre Gui, tu n'as encore rien vu !

4 DÉCEMBRE

LUTIN
BONBON
CHOCO-LUTIN

L'ADMINISTRATION, C'EST PAS UN CADEAU

Oh ! que je suis naïf ! Naïf ! Naïf ! Ai-je dit que j'étais naïf ? Je le dis encore ! Naïf !

Je pensais qu'avec les empreintes de l'équipe scientifique, retrouver notre suspect allait être super rapide, mais non ! Pas du tout ! À la place, cela fait QUATRE HEURES que j'attends avec Houx devant un bureau marqué « Administration » au quartier général.

Je n'ai jamais bien compris ce que ça voulait dire, « Administration ». Je crois que c'est un peu comme un ralentisseur, pour les gens qui vont trop vite dans la vie. Quelque chose comme ça.

Finalement, alors que je bois la dernière gorgée de mon douzième chocolat chaud, la porte s'ouvre dans un long grincement façon château hanté.

Même Houx a l'air un peu effrayée par ce qui nous attend de l'autre côté.

Mais tant pis ! Munis de nos empreintes, on entre !

Et on se retrouve face à un bureau protégé par une énorme vitre.

Une lutine avec des lunettes encore plus épaisses que le verre qui nous sépare d'elle nous regarde en clignant des yeux, l'air épuisé.

— Ouiiiiiiiiiiiiii ? dit-elle en grinçant presque autant que la porte.

— Bonjour, madame, commence Houx en lui montrant les empreintes qu'elle tient à la main. Nous venons pour retrouver un enfant dans la base de données à partir de ce que nous avons ici. C'est possible ?

— Ouiiiiiiiiiiiiii…

La secrétaire agite de grands doigts squelettiques qui font SUPER peur ! Et elle se met à tapoter sur son clavier.

Avec un seul doigt.

Une touche à la fois.

Plusieurs fois, elle peste et souffle.

— Rohlàlà, j'ai fait une faute... retour arrière. Voilàààààà. Donc... E... N... P... R... E...

— Empreintes ! intervient Houx. Avec un M ! Pas un N !

— Pfou, arrêtez de me brusquer ! s'exclame la lutine. Je dois tout recommencer. E... M... P...

Je me retiens de bâiller. Et je regarde un peu partout. La lutine a une toile d'araignée accrochée à un bout de son bonnet, et un tas de vieux magazines *Lutineries* empilés sur son bureau.

Tellement que ça cache une partie du petit panonceau avec son nom. Urs... saf. Elle doit s'appeler quelque chose comme Ursula. Mais un mot qui finit en « -saf » ?

Je cherche, je cherche...

Non mais j'ai que ça à faire, aussi !

Lorsque pour la troisième fois, la lutine se trompe et doit recommencer à taper super lentement le même mot, Houx finit par s'énerver.

— Bon, on se dépêche un peu !

— Pas si viiiiite, je connais mon métier, quand mêêêême ! se plaint la secrétaire.

— Mais c'est URGENT !

Les grands yeux s'écarquillent derrière les énormes lunettes.

— Urgent ? Mais il fallait le dire !

— Ah ! sourit Houx, rassurée. Pressons, alors !

— Non, reprend la lutine. Si c'est urgent... avez-vous un formulaire pour les urgences ?

— Un formulaire pour les urgences ?

Je n'en reviens pas ! Je suis à deux doigts de manger mon bonnet. Non, de LUI faire manger mon bonnet !

— Bien sûr ! Où vous croyez-vous ? couine la secrétaire. Apprenez donc à faire votre métier ! Pour les urgences, il fauuuut un formuuulaire d'urgeeeeence !

— Mais ON N'A PAS LE TEMPS ! hurle ma coéquipière.

— Pas la peine de crier, mademoiselle !

— Bon, où est ce formulaire ? j'interviens en me collant à la vitre.

— Je dois vous l'imprimer, explique la lutine.

— D'accord, alors... vite !

Il faut dire que Houx est sur le point d'exploser ! Son visage est tellement rouge que bientôt on n'aura plus besoin de gyrophare sur la voiture de l'agence. Il suffira qu'elle tourne la tête et ça fera l'affaire.

La secrétaire lève son long doigt squelettique, et l'abat sèchement sur une touche.

Puis une autre.

Et encore une.

— U... R... J... E... N...

— AVEC UN G ! UN G ! hurle Houx. G COMME « G ENVIE DE TOUT CASSER » !

Dans la vie, il n'y a pas grand-chose qui me fait peur. J'ai déjà été poursuivi par un chien quand j'étais un enfant lutin, et je m'en suis sorti.

Mais là, la tête de ma coéquipière me donne envie de disparaître.

J'ai l'impression qu'elle va tuer quelqu'un.

Et puis, le miracle – de Noël ! – arrive.

Une petite porte s'ouvre sur le côté. Et une lutine avec une coupe au carré sous son bonnet fraîchement repassé en sort, un petit sachet à la main. Elle salue la secrétaire.

— Ursula ! Tu viens déjeuner ? propose-t-elle.

— Aaaaaaah ! C'est déjà la pause ? J'arrive, Amélie !

Devant la menace de voir notre SUPER LENTE secrétaire partir en pause, Houx explose pour de bon. Du feu lui sort des oreilles alors qu'elle transforme cet enfer en coup de chance, puisque, avant que la porte ne se referme, elle court à l'intérieur, et accède ainsi à l'autre côté du bureau des secrétaires !

Je suis obligé de lui courir après pour éviter qu'elle ne trucide Ursula. La pauvre pousse un grand cri et tire si fort sur son bonnet qu'elle disparaît dedans avant de tomber de sa chaise et de se rouler en boule sous son bureau.

— Laisse-la ! dois-je crier à Houx pour qu'elle se calme. C'est bon, on a accès à l'ordinateur !

— Grmbl... je lui sonnerais bien les cloches quand même !

— Passe-moi plutôt les empreintes, on va les rentrer dans la base de données.

Les claviers, moi, ça me connaît !

En un rien de temps, j'ai tapé les bons mots, et le scanner de l'ordinateur s'ouvre.

Nous n'avons plus qu'à y glisser les empreintes pour que sur l'écran s'affiche un garçon aux cheveux courts, l'air un peu triste, dont le dossier a pour titre :

LÉO MARTIN

Et juste en dessous, à notre grande surprise, nous trouvons :

ENFANT SAGE

Hein ?

MAIS TROP PAS !

Tu vas voir, Léo Martin, c'est forcément une erreur... On va la corriger, et toi avec !

5 DÉCEMBRE

LUTIN
BONBON
CHOCO-LUTIN

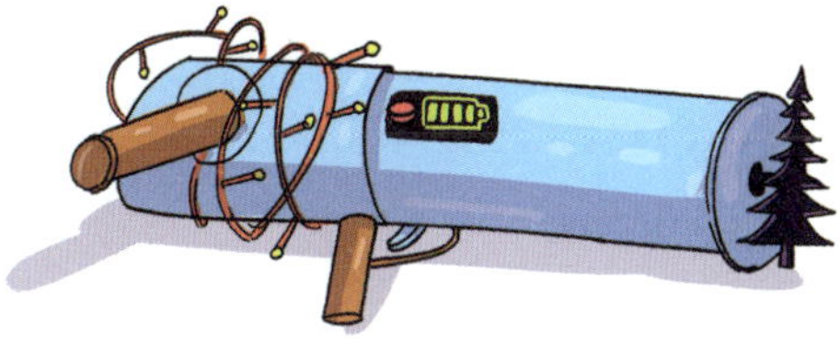

LÉO MARTIN, ON ARRIVE !

Léo Martin ! Un nom qui sonne comme « J'aurai pas de cadeaux cools à Noël au matin » ! En tout cas, je vais m'en assurer. Bien assis dans la voiture de l'agence, garée dans le caniveau devant la maison du garnement, Houx et moi attendons l'extinction des feux pour nous faufiler.

— C'est bon ! me glisse-t-elle. Les parents viennent d'éteindre leur lampe ! On y va !

Je suis tout excité au moment de sortir de la voiture. Ma première mission d'infiltration ! Oh là là, ça va être quelque chose ! Pour l'occasion, l'Avent-Garde a mis à notre disposition ses derniers gadgets.

— Eh, attends !

Houx se fige lorsque nous arrivons au pied d'une gouttière qui descend le long du mur de la maison. Plus un mot ! Nous regardons alentour, mais rien ne bouge.

— Tu es sûr qu'il n'y a pas de chat à l'intérieur ? me demande-t-elle.

— Ni de chien : j'ai relu son dossier au moins cinquante fois !

— Tant mieux. Ces bestioles sont bien plus dangereuses que des humains ! Elles voient mieux, sentent mieux...

Et croquent mieux. Je frissonne rien qu'à y penser ! Plus d'un agent imprudent s'est retrouvé mâchonné comme une vieille pantoufle pour s'être aventuré trop près d'un chien humain. Horrible !

— Arrête de rêvasser : où est la chambre de Léo ? me demande Houx.

— Premier étage, au coin, juste au-dessus de nous.

— Alors envoie le s'grapin !

Je détache de mon dos le s'grapin, l'un des gadgets de l'agence : un fusil à air comprimé avec lequel je vise le bord de la fenêtre de la chambre de notre client et... poum ! Un minuscule sapin file à toute vitesse dans les airs, et va s'accrocher avec ses épines pile là où j'ai visé. Comme à l'académie ! Il déroule derrière lui une longue guirlande facile à escalader. Houx et moi n'avons plus qu'à commencer l'ascension.

— C'est pratique ! dis-je avec satisfaction.

— Oui, enfin toi, tu n'as pas connu le prototype, m'explique ma coéquipière. Un lutin du laboratoire s'était dit que comme toujours, plus c'est moderne, mieux c'est. Alors il avait mis une guirlande... électrique. À la première utilisation, on a failli perdre deux agents. Comme quoi, ce n'est pas parce que c'est plus technologique que c'est mieux !

Pfff ! Qu'est-ce qu'elle étale sa science ! Ça va, j'ai compris qu'elle avait de l'ancienneté ! En tout cas, on finit par arriver à destination. D'un bond, nous nous retrouvons sur le bord de la fenêtre de Léo. Et de là où nous sommes, nous pouvons l'apercevoir qui dort à poings fermés dans son lit.

— Il n'y a plus qu'à rentrer.

— C'est bon, j'ai l'étoile avec moi...

Houx sort de son sac à dos une étoile de Noël tellement affûtée qu'elle coupe le verre sans problème. Elle découpe un trou qui a exactement la forme d'un lutin, chapeau pointu compris, pour nous permettre de passer.

Nous y voilà ! Bon, maintenant, la procédure à suivre est simple. Commençons par l'étape numéro un. Comme tout lutin le sait, il faut... eh ! mais où va Houx ? Elle a sauté sur le radiateur au-dessous

de nous, puis sur le lit de Léo, et d'un pas décidé elle remonte vers sa tête !

— Attends, Houx ! Où vas-tu ?

— Lui refaire le profil, si tu vois ce que je veux dire ! Quand j'en aurai fini avec lui, ce ne seront plus des lutins qui lui rendront visite, mais la petite souris !

— Ce n'est pas la procédure !

— Lâche-moi avec la procédure ! Pourquoi est-ce qu'on m'a collé un nouveau à peine sorti de l'académie dans les pattes ?

— Tu n'auras qu'à demander à N !

Houx roule des yeux et revient vers moi en secouant la tête.

Elle n'a pas peur de moi, mais de N, ça c'est une autre histoire ! Je saute moi aussi au bas de la fenêtre pour atterrir sur un petit bureau, puis je m'éclaircis la voix pour réciter :

— Étape numéro un : enquêter sur le suspect avant de prendre quelque mesure que ce soit.

— Merci pour la récitation, grogne Houx en me rejoignant. Sauf qu'on a trouvé les empreintes du suspect plein le sapin du marché ! C'est lui ! Laisse-moi y aller, s'il a les fesses encore rouges de sa chute, je vais le rougir une deuxième fois pour lui apprendre !

— Hmmm, sauf qu'il y a un problème, agent Houx.

Je désigne les cahiers étalés devant nous sur le bureau. Des affaires d'écolier tout à fait normales... mais quelque chose ne colle pas. Les devoirs sont **faits**. Je me rapproche... Pire : ils sont **bien faits** !

— Quoi ? s'exclame Houx. Mais faire ses devoirs, c'est un truc d'enfants sages !

— Chut, pas si fort ! Justement, tu ne trouves pas ça bizarre ? La base de données de l'agence dit qu'il est sage, ses devoirs disent qu'il est sage, et regarde sur son bureau : un trophée de concours de maths !

N'importe quoi ! Les maths, c'est peut-être LE truc que tous les enfants pas sages haïssent ! Notre suspect serait donc un enfant sage ? Là, c'est à n'y plus rien comprendre !

— Bon, une seule solution : le réveiller pour l'interroger ! me lance Houx en repartant vers le lit.

— Arrête ! Tu veux juste lui mettre une praline !

— Rah, t'es pas drôle, Gui ! soupire Houx. Bon, que fait-on à l'académie dans ces cas-là, Monsieur Je-sais-tout ?

— Étape numéro deux : si le suspect a besoin d'être interrogé, ne JAMAIS l'interroger chez lui. C'est trop risqué, d'autres humains pourraient arriver. Il faut trouver un endroit isolé pour l'interroger, et lui poser les questions nécessaires.

Un bruit un peu plus loin dans la maison nous fait sursauter. Peut-être le parquet qui craque. Peut-être un grand humain qui rôde ! Brrr !

— Euh, on va éviter de s'attarder ! approuve Houx. Voyons son agenda.

Elle glisse au pied de la chaise du bureau, et rentre dans le sac à dos de Léo, dont elle tire un gros carnet. Nous l'ouvrons et inspectons rapidement l'emploi du temps de notre cible.

— Regarde, il prend même des cours de violon ! On pourra le voir entre la fin de son cours et le moment où ses parents viendront le chercher !

— Tu as raison, Houx. En attendant, on file et on efface nos traces !

— Cette fois, on est d'accord !

Nous repartons par là où nous sommes entrés. Et recollons le trou en forme de lutin sur la fenêtre avec la poudre collante spéciale de l'agence. Ce qui dessine une splendide silhouette à chapeau pointu, indiscernable d'une décoration de Noël normale !

— Tu penses que les humains comprendront un jour que ces trucs aux fenêtres, ce sont des traces de notre passage ? demandé-je.

— Pfff ! Non, ils sont trop bêtes ! ricane Houx. Allez, en voiture : ça pèle du bonnet par ici !

N'empêche… comment un enfant sage aurait-il pu commettre le méfait qui nous a menés jusque-là ?

6 DÉCEMBRE

LUTIN
BONBON
CHOCO-LUTIN

GOOD CROTTE & BAD CROTTE

Alors là, on ne rigole plus : aujourd'hui, c'est la grosse opération ! On doit intercepter un humain, l'interroger, et tout ça en plein jour !

— C'est pour ça qu'on est déguisés en CANETTES ?!

— Oui, me répond Houx d'une voix étouffée par l'aluminium. Les humains sont habitués à en trouver dans la rue, à la plage, à la montagne...

Un vieux truc crado, pour eux, ça doit être une sorte de décoration.

Les humains sont trop bizarres.

Mais en attendant, c'est nous qui sommes glissés dans de vieux bouts de métal qui sentent le soda périmé, et qui roulons dans le caniveau jusqu'au conservatoire de musique de la ville.

— Comment va-t-on entrer, agent Houx ? À l'académie, ils ont dit que...

— Arrête avec l'académie ! Je suis une professionnelle, fais comme moi !

Houx roule jusqu'à la porte du conservatoire, imitant la canette poussée par le vent, et je la suis en pestant : on doit tourner sur nous-même si vite que j'ai envie de rendre mes chocolats. Beurk ! Dès que personne ne regarde, on avance. On se glisse dans la porte tournante et beurk... non, si ça continue, je vais VRAIMENT rendre mes chocolats !

— Maintenant, il faut trouver Léo !

Ma coéquipière s'extirpe de sa canette et m'indique un panneau « Salle de violon » que nous suivons aussi vite que possible.

Du bruit ! Oh non... ce sont des humains ! Ils arrivent dans le couloir, impossible de les manquer !

— Activation camouflage d'intérieur ! lance Houx.

Nous nous plaquons au mur, attrapons tous les deux le gros rouleau de papier bleu que nous portons sur le dos, et le déroulons pour nous cacher derrière. En un tournemain, nous ressemblons à deux bosses dans le papier peint ! Ces grosses andouilles d'humains passent sans même nous remarquer. Et nous reprenons notre course jusqu'à arriver près de la salle de violon. Mais à peine y sommes-nous qu'il faut nous recacher derrière nos bouts de tissu : la porte vient de s'ouvrir !

— À la semaine prochaine, Léo, lance une voix à l'intérieur. Tu vas attendre ton papa en bas ?

— Oui, j'y vais ! Bonne soirée !

Quelle chance ! Pile au bon moment ! Léo sort, gigantesque par rapport à nous. Nous l'observons prudemment depuis l'abri de notre camouflage. Il a ce même air un peu triste que dans son dossier. Il ne nous remarque pas, et traverse le couloir vers une autre porte.

— Il va aux toilettes, c'est le moment ! glapit Houx avant de partir à sa poursuite.

— Non, attends, on n'a pas décidé de...

Rah, elle n'écoute rien ! Je ne peux pas la laisser seule, alors je cours derrière elle, mais je crains qu'on n'ait pas le temps d'arriver avant que la porte des toilettes ne se referme. Allez... plus vite ! Plus vite !

— C'est bon ! s'exclame Houx qui passe de justesse à l'intérieur.

— Aaaah ! je crie en sautant en l'air.

Si je rate mon coup, je vais être écrasé comme une vieille papillote. J'ai l'impression que le temps ralentit, je sens la porte me frôler les jambes... et je retombe sur du carrelage. Je suis rentré !

— De justesse !

J'ai du mal à parler tant j'ai couru. Houx m'observe, là, par terre, avant de me tendre la main pour m'aider à me relever. On dirait qu'elle a été impressionnée par ma cascade. Je rajuste mes lunettes de soleil et mon bonnet, époussette mon costume, et regarde autour de moi, fier comme un renne qui vient de réussir son atterrissage sur un toit verglacé.

Nous nous avançons jusqu'à la porte, avant qu'elle ne me fasse signe. J'attrape les boulas que je porte en bandoulière. Deux boules de Noël reliées par une guirlande ! On peut les jeter pour qu'elles s'enroulent autour des jambes d'un fuyard, s'en servir de lasso sur un objet en hauteur, ou faire des spectacles rigolos (surtout avec le modèle à paillettes).

Bam ! D'un seul tir, j'accroche le mini-sapin à la poignée. Puis, je tire sur la guirlande qui vient de se dérouler, ce qui ouvre en grand la porte. Le pauvre

Léo, qui pensait être tranquille sur son trône, glapit.

— Hein ? Quoi ? Qui ?

En nous apercevant, il ne fait plus le moindre son. Et sa mâchoire manque de se décrocher.

— De... des lutins ? finit-il par articuler.

— Tout juste ! L'Avent-Garde, mon petit gars. Tu es dans de sales draps ! lance Houx, les poings sur les hanches, pas effrayée par le géant face à nous. On va te poser des questions, et tu vas y répondre...

— Attends ! D'après les règles de l'académie, il faut d'abord lui proposer un avocat.

— Un avocat ? grommelle Houx.

— Au cas où le suspect aurait faim. Vous aimez les avocats, monsieur Martin ?

— Oublie l'avocat, on n'a pas le temps, dit Houx. On va la jouer autrement, mon petit Léo. On va faire la technique de Good Crotte et Bad Crotte.

— Hein ?

— Chut, Gui ! J'ai vu ça à la télé. Je crois que c'est quand tu as le choix entre une bonne crotte au chocolat ou une mauvaise. Alors, Léo, tu préfères *good crotte* ou *bad crotte* ? C'est facile : *good crotte*, c'est mon ami l'agent Gui ici présent. Tu lui dis pourquoi tu as volé l'étoile du sapin du marché de Noël et où elle est, et tu repartiras avec un chocolat. Si tu préfères *bad crotte*... je te montre ce que je sais faire avec une guirlande électrique et des poils de nez !

La vache : Houx est FLIPPANTE quand elle s'y met ! Elle a de drôles de méthodes, mais ça fait son effet, car Léo se tourne aussitôt vers moi, dans l'espoir que je sois plus gentil.

— Écoutez, l'étoile, ce n'était pas mon idée, et de toute façon, je ne l'ai plus ! déballe Léo d'une voix paniquée. C'est Quentin qui m'a ordonné d'aller la chercher et de la lui donner ! Il a dit que si je ne le faisais pas, il casserait mon violon. Il m'a choisi moi parce qu'à l'école, je suis bon en escalade. Je suis une victime !

Il est à deux doigts d'éclater en sanglots ! Ouah... C'est un enfant sage, ou alors il l'imite super bien ! Ça ne peut pas être l'enfant que nous cherchons ! Mais Houx, elle, le fixe toujours intensément.

— Une victime ? Tu vas en être une si tu ne me dis pas où est l'étoile..., menace-t-elle.

— C'est Quentin qui l'a, je vous jure ! Je n'en sais pas plus !

Ma coéquipière me fait un signe de tête.

— OK, je crois qu'on a tout ce qu'il nous faut. Maintenant, on lui fait oublier qu'il a vu des lutins. Passe-moi la guirlande flasheuse !

J'obéis et nous calons tous deux bien nos lunettes de soleil sur notre nez, car sans cela le gros flash des guirlandes va aussi nous remonter jusqu'au cerveau. Un, deux, trois et... FLASH !

Ce truc envoie tellement de lumière que quiconque le regarde a des espèces de taches bizarres sur les yeux pendant quelques secondes, comme quand on se les frotte trop fort. Et justement,

quand Léo a fini de frotter les siens après l'énorme flash… il se dit que les lutins qu'il vient de voir étaient certainement des taches sur ses yeux et qu'il a halluciné !

C'est ça, le pouvoir de la guirlande flasheuse !

En attendant, je me demande bien qui est ce Quentin…

7 DÉCEMBRE

LUTIN
BONBON
CHOCO-LUTIN

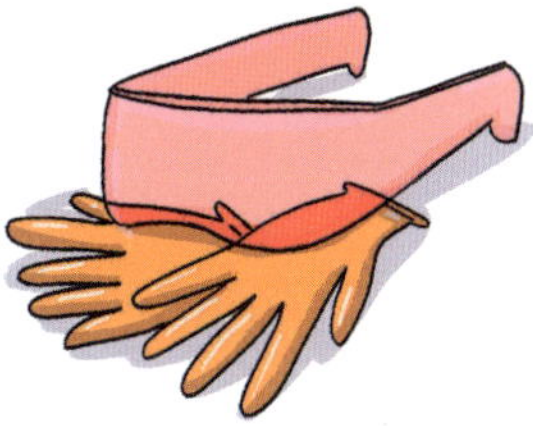

GADGETS À GOGO

— Je dois passer à l'Usinulle, me dit Houx en garant la voiture devant les portes du bâtiment.

— On est sur l'affaire Quentin, on n'a pas le temps ! je proteste.

Mais elle est déjà hors du véhicule et rentre d'un bon pas dans l'usine. J'entends déjà les ricanements de l'atelier des pulls moches. Je me retrouve à la suivre, on n'abandonne pas sa coéquipière !

— Chef ! braille-t-elle. Je suis venu voir comment se passe ma petite commande.

— Bonjour, agent Houx ! Tout va comme sur des roulettes, si je puis dire.

Le chef d'atelier claque des doigts, et des lutins s'approchent avec d'énormes rollers pour humains.

— Exactement comme vous avez demandé ! Dès que leur propriétaire ira patiner avec ses copines, ses rollers se coinceront et elle ne roulera pas plus vite qu'une vieille mamie.

— Parfait, glousse Houx. Ça lui fera les pieds, à la petite Lucie !

— Qui est Lucie ?

Le chef et ma coéquipière se tournent vers moi en clignant des yeux. Puis ils éclatent de rire. Ça a l'air rigolo, mais ce serait sympa de m'expliquer quand même ! C'est Houx qui s'y colle.

— Lucie, c'est ma cliente chouchoute. Une enfant qui, depuis des années, ne comprend pas le message !

Elle continue à ne pas être sage. Alors chaque année, je lui commande un cadeau particulier ! C'est une compétition entre ses bêtises et mes punitions, et je vais gagner.

Je comprends mieux. Pauvre Lucie : vu le rire diabolique de ma coéquipière, à mon avis, elle n'a pas fini de recevoir des cadeaux pourris !

— Tu fais bien de parler de cela, lui dis-je alors que nous repartons. J'ai lu le dossier de notre client du moment, Quentin : vol de bonbons, brûlures indiennes, tirages de slip… il a une liste de bêtises longue comme un bras d'humain. Pourtant, à chaque Noël, il reçoit des trucs TROP NAZES sortis de l'Usinulle !

— C'est parce qu'il a besoin qu'une agent d'élite comme moi s'occupe de son cas. Je finirai par le calmer comme je calmerai cette petite peste de Lucie ! répond Houx.

— Ça ne nous explique pas pourquoi il a forcé un de ses camarades à voler l'étoile de Noël.

— Peut-être un défi débile ?

Les défis sans queue ni tête expliquent la plupart des comportements bizarres des humains. Qu'ils s'amusent à sauter sur les bandes blanches du passage piéton en criant « Le sol est en lave ! » ou qu'ils essaient de voir qui fera pipi le plus haut (ils sont dégoûtants !), ils font tout un tas de trucs vraiment, vraiment trop louches.

— Alors, comment avance l'enquête ?

La voix de N grince derrière nous au moment où nous allions grimper dans la voiture. Houx et moi nous retournons aussitôt pour la saluer. Bon sang, mais c'est un ninja ou quoi ? Et puis qu'est-ce qu'elle fait là ? Je remets en place l'insigne de travers sur mon bonnet, et je réponds de ma voix la plus ferme. C'est-à-dire, pas trop.

— Je viens vérifier que tout se passe bien à l'Usinulle, et je tombe sur mes deux agents en train de flâner, grince N.

— On... on a un suspect, cheffe !

— Le garçon du conservatoire qu'on pensait sage ?

— Non, justement, il a dit qu'il n'avait fait qu'obéir à un certain Quentin.

Houx brandit le profil qu'elle vient de dessiner, et le montre à N qui hoche la tête avec satisfaction. Mais elle relève son bonnet par la force d'un seul de ses sourcils blancs en apercevant la taille du dossier que je sors de la voiture.

— C'est celui de ce garnement ? demande-t-elle, la voix soudain plus aiguë.

— En effet. Il est plutôt chargé !

— Voyez-vous, commence N, ce jeune Quentin aurait dû apprendre sa leçon il y a longtemps et arrêter de faire l'andouille. Mais pourquoi recruterait-il quelqu'un pour faire des bêtises à sa place ?

— Parce qu'il est nul en escalade et qu'il lui fallait un bon grimpeur ? je suggère.

— J'espère.

— Pourquoi, vous pensez à quelque chose ? demande Houx.

— Non, à rien. Oubliez donc, mes petits lutins.

Et N tourne le dos puis s'éloigne sans dire un mot de plus. Dès que notre cheffe a disparu, ma coéquipière bondit.

— Alors ça, ça sent la papillote pas fraîche ! s'exclame-t-elle.

— Pourquoi ?

— « Mes petits lutins » ? N, c'est pas le Grand Schtroumpf ! Ce n'est pas dans ses habitudes de parler comme ça. Si tu veux mon avis de professionnelle, elle est inquiète.

— Inquiète de quoi ?

— De m'avoir fourgué un coéquipier qui débute et qui me ralentit ?

Nom d'une bûche ! Je me tourne pour lui jeter un regard plein de défi, mais et d'une, j'ai oublié de retirer mes lunettes de soleil et donc elle ne voit pas du tout mon super regard, et de deux, Houx me fait un sourire complice.

— Tu me charries ?

— Oui, dit-elle. Tu t'es bien débrouillé jusqu'ici. Mais ne pense pas que je t'apprécie pour autant, hein ! En attendant, je te rappelle qu'on a du boulot : j'ai l'adresse de Quentin. On doit aller sur place pour… comme tu dis, suivre la procédure, et trouver quand on peut lui tomber dessus pour l'interroger.

— Quand partons-nous ?

— Maintenant ! Mais d'abord, un tour au laboratoire ne sera pas de trop !

On saute dans la voiture, on fait crisser les pneus, on met la sirène à fond et WAOOOON !

Direction le quartier général de l'Avent-Garde, où nous marchons jusqu'à une énorme porte au-dessus de laquelle il est marqué :

LABORATOIRE - GADGETS COOLS POUR AGENTS COOLS

La porte en acier devant nous s'ouvre en faisant « Psssch ! » comme dans un film. Derrière, des dizaines de lutins en blouse blanche travaillent sur des armes, des armures, des véhicules... Un lutin plus petit que les autres, et avec des lunettes si grosses qu'elles occupent tout son visage, s'approche de nous.

— Agent Houx ! Et vous devez être l'agent Gui, dit le nouveau venu en me serrant la main. Je suis Prof, le chef du labo. Qu'est-ce qu'il vous faut ?

— On part en mission ce soir chez un enfant vraiment pas sage. Vous avez un conseil, Prof ?

— Un conseil ? J'ai mieux que ça !

Il nous montre un porte-clés d'humain qui, pour nous autres lutins, est gros comme un fusil.

— Ce nouveau laser fait un point rouge qui bouge, et c'est très amusant, hi hi hi !

Le scientifique l'allume et un point rouge danse sur le mur face à lui. Pffff, trop pourri ! Je m'attendais à un truc cool, comme une montre explosive ou une voiture qui envoie des fumigènes...

— Il vous faut autre chose ? demande Prof.

— Non, Prof, soupire Houx. Si le laser est ce que vous avez de mieux, on fera avec...

Je regarde l'heure : il est presque minuit. L'heure idéale pour se faufiler chez les humains.

Alors pas une minute à perdre : en route ! Quentin, on arrive, et ça va gratter sec !

8 DÉCEMBRE

LUTIN
BONBON
CHOCO-LUTIN

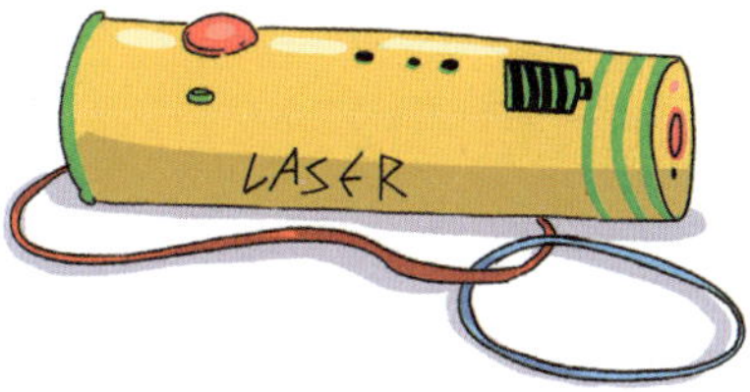

LA MAISON DE QUENTIN

— C'est bien ici qu'habite le petit Quentin.

— Tu es sûr, Gui ?

— C'est écrit sur la sonnette.

Derrière le volant de la voiture de l'agence, Houx inspecte quand même les alentours une énième fois. Et finalement, elle gare la voiture à l'abri d'un buisson.

— Ici, aucun humain ne la verra. Il faut juste qu'on ne tombe pas sur des hérissons.

— Des hérissons ? Pourquoi des hérissons ? demandé-je, un peu étonné.

— Parce que les hérissons aiment bien se mêler de… Bah, oublie, on n'est pas là pour ça, me souffle Houx. Prends le matériel dans le coffre, on y va. Et c'est toi qui portes le laser tout naze, hein. C'est lourd, je n'en veux pas.

— Merci, super, heureusement qu'on est coéquipiers !

— Je suis la plus ancienne et expérimentée, je te rappelle !

Je grommelle, mais je ne dis rien. Qu'est-ce qu'elle peut être insupportable parfois, Houx, avec son côté petite cheffe !

Heureusement que maintenant, je sais qu'elle a de bons côtés. Même si elle les cache bien. Mais genre, bien bien. Nous filons vers le mur de la maison, et, désormais, nous avons à peine besoin de nous parler pour nous comprendre : un signe de tête, et je tire le s'grapin direction la chambre de Quentin.

Nous voilà en pleine escalade jusqu'à sa fenêtre, que Houx découpe silencieusement en forme d'étoile cette fois.

Hélas, un gros rideau nous empêche de voir à l'intérieur.

Mais j'ai le plan de la maison : je sais que nous sommes dans la chambre de ce vilain Quentin !

Nous descendons en rappel du côté intérieur de la fenêtre, sans un bruit. En fait, il n'y a même vraiment, VRAIMENT aucun bruit… C'est flippant !

— C'est beaucoup trop calme, me confirme Houx lorsque nous posons le pied sur la moquette de la chambre. On n'entend même pas respirer alors que le lit de Quentin devrait être juste de l'autre côté du rideau.

— Allons voir…

À pas de loup – ou plus exactement de mini-loup –, nous nous avançons jusqu'à l'extrémité du gros rideau qui nous barre la vue.

Je passe la tête le premier.

— Nom d'un renne volant !

Je ne peux retenir ma surprise : il n'y a pas de lit dans la chambre !

Il y a encore des étagères pleines de jouets, des jeux de construction par terre dont un ou deux que je reconnais comme provenant de l'Usinulle avec des pièces manquantes, restes d'un précédent Noël… mais pas de lit !

Pas de table de nuit non plus.

— Hmmm ! Quelqu'un est parti dormir ailleurs récemment ! commente Houx en se penchant sur la moquette, là où des pieds de lit ont laissé des traces. Un lit était là il n'y a pas si longtemps ! Quelques jours, tout au plus !

— Un changement de chambre, ça peut arriver des fois…

— Le même mois que celui où l'on vole l'étoile du marché de Noël ? C'est BIZARRE ! insiste ma coéquipière.

Mais soudain, nous arrêtons de bouger. Car…

Quelque chose d'autre vient de remuer dans la pièce ! Une grosse ombre sur un mur !

— Euh… Houx ? Tu as vu ça ? je dis d'une voix tremblotante.

— Qu'est-ce qu'il y a ? Tu as les chocottes ? ricane-t-elle. On dirait que tu as vu…

— MIAOU ! fait l'énorme ombre en s'approchant de nous.

— UN CHAT ! hurlons-nous tous les deux.

Les chats sont parmi les pires ennemis des lutins ! Ils sont silencieux, rapides, agiles, de parfaits prédateurs de mini-agents secrets ! Alors que nous courons vers la corde par laquelle nous sommes descendus de la fenêtre, j'aperçois dans un coin de la pièce une litière et un panier : quelqu'un a fait exprès de laisser le chat dans la chambre !

— C'EST UN PIÈGE ! je crie à tue-tête.

— EH BEN COURS !

Houx et moi courons, mais le chat, plus rapide, saute, bouscule le rideau, et surgit devant nous, énorme, le poil dressé, nous barrant la route jusqu'à la sortie.

— Qu'est-ce qu'on fait, Houx ?

— Mais j'en sais rien, moi ! crie-t-elle sans bouger, pétrifiée par le chat qui nous fixe.

— C'est pas toi la plus expérimentée ?

— Et c'est pas toi qui te souviens super bien des cours de l'académie ?

À vrai dire, à l'académie, on nous apprend surtout à ne jamais croiser un chat... pas ce qu'il faut faire lorsqu'un chat nous attend là où on aurait dû trouver un enfant en train de dormir !

— Bon, j'improvise !

Je cherche une idée, mais déjà que j'ai du mal à courir avec mon matériel super lourd, je... Attendez !

Mais voilà, c'est ça !

Je fais basculer le laser de la bandoulière qui le maintenait sur mon épaule, et j'allume le porte-clés. Un gros point rouge apparaît sur le rideau.

— MIAOU ?

Le chat nous oublie instantanément et fixe le laser. Je le fais monter, et les yeux du chat le suivent. Je le descends, et...

— Emmène-le loin de là ! me crie Houx, dont le bonnet n'est pas passé loin de mon laser.

— Oups, désolé ! Je m'en occupe !

— MIAAOUUU !

Le chat pousse des miaulements infernaux alors qu'il devient fou à la vue du laser qui danse devant lui.

Il bondit partout, grimpe aux rideaux, les déchire, et poursuit le point lumineux qu'il n'arrive évidemment jamais à attraper.

Houx en profite pour grimper jusqu'à la fenêtre, puis me hisse avec la corde pendant que je continue à exciter le chat pour qu'il reste loin de nous.

Dès que je suis en haut, nous récupérons notre matériel pour ne laisser aucune trace de notre passage, puis Houx referme le trou en forme d'étoile derrière nous, et le vilain matou vient se coller à la fenêtre en miaulant de colère de s'être fait avoir.

— Ouais, c'est ça ! fanfaronne ma coéquipière. Tu as de la chance qu'il y ait la fenêtre, sinon je te choperais par les moustaches et je te ferais tourner, moi !

— Méfie-toi, dis-je. Si ça se trouve il a une chatière et peut sortir tout seul...

— Ah, euh, hem, oui, dans ce cas, rentrons, c'est dangereux ici !

Nous descendons le long de la guirlande du s'grapin et filons dans la nuit jusqu'à la voiture.

Cette affaire ressemblait drôlement à un piège... mais comment est-ce possible ?

9 DÉCEMBRE

LUTIN
BONBON
CHOCO-LUTIN

JACK BOTTEUR

Dans la salle de réunion, Chef fait défiler les diapositives des cadeaux pourris préparés à l'Usinulle.

— Pour le petit Quentin, il nous faut un cadeau spécial. J'ai mis les meilleurs ingénieurs de l'usine sur le coup. Nous pensons à un téléphone super cool et à la mode, mais bidouillé pour qu'à chaque fois qu'il envoie un smiley, celui-ci soit remplacé par un smiley caca.

— Mouais, dis-je en soupirant. Je suis sûr que vous avez mieux.

— On a un vélo qui n'arrête pas de crever, pour l'obliger à rentrer à pied. Ou alors, les mamies lutines de l'atelier des pulls moches peuvent faire des chaussettes moches : comme cadeau de Noël, c'est vraiment naze.

— Oh ! sursaute Houx. Vous m'en mettrez de côté pour ma petite Lucie, que je la gâte !

Un coup de poing sur la table de la salle de réunion nous fait tous sursauter. Je me tourne vers N, qui se frotte la main : à son âge, elle s'est fait mal.

— Nous ne sommes pas ici pour parler de Lucie ! Revenons à Quentin et à ce qu'il s'est passé hier soir chez ce garçon. Je dois signer le rapport, alors finissons-en.

— Eh bien, il faut croire qu'il nous a tendu un piège, dis-je, car nous avons failli être transformés en croquettes.

N refrappe la table du poing, avant d'ouvrir grand la bouche sans pousser le moindre cri : elle a retapé avec la même main. Bobo.

— C'est impossible, se reprend-elle, parce que les humains ne savent pas que l'Avent-Garde existe. Tout au plus, ils connaissent la légende des lutins de l'usine du Père Noël. Sinon, ils sont ignorants. Et puis, j'ai consulté les notes du petit Quentin : vu ce qu'il ramène en histoire et en géographie, il n'a déjà pas l'air bien au courant de ce qu'il se passe chez les humains. Alors chez les lutins...

— Tout de même, recruter quelqu'un pour voler l'étoile du sapin à sa place, déménager sa chambre peu après, y laisser un chat...

— Impossible ! répète N. Saperlipopette, vous avez des grelots dans les oreilles ? Oubliez cette théorie idiote et retournez interroger Quentin. Débrouillez-vous pour éviter le chat, c'est tout.

N grommelle quelque chose au sujet de l'incompétence des lutins sous ses ordres, et je dois dire que je suis blessé. Est-ce ma faute si je commence avec un dossier super dur et super pas clair ? Je suis supposé trouver des cadeaux pourris pour les enfants, pas me faire grignoter par des chats !

N a cependant l'air inquiète. Très inquiète. Comme si elle comprenait le problème, mais faisait tout pour prétendre qu'il n'existait pas... D'un geste de sa main encore bleue, la grande patronne nous signale que la réunion est terminée et s'en retourne à son bureau discuter avec le chef de l'atelier. Pendant ce temps, Houx et moi nous retrouvons au même point qu'hier. Retourner chez Quentin et...

— Gui, je peux te demander quelque chose ? m'interroge Houx.

— Bien sûr ?

— Que te disent tes tripes ?

Je réfléchis.

— Que j'ai mangé trop de chocolats pour me remettre de mes émotions.

— Non, sur l'affaire ! rouspète Houx. Que te dit ton instinct ?

— Que franchement, c'est pas bien clair, cette histoire chez Dumier.

— Je suis d'accord, confirme ma coéquipière. Pour N, c'est facile de donner des ordres depuis son bureau. Mais si tu veux mon avis, ce qu'il nous faut... c'est un expert.

— Un expert ?

Houx va à la fenêtre la plus proche regarder l'horizon. Oh, oh... ça sent le moment où elle veut avoir l'air mystérieuse et intelligente.

— Quand je suis arrivée à l'Avent-Garde, j'ai été formée par un vétéran... un baroudeur... Lui, il en avait vu, des chats mal léchés et des enfants pas sages. Une vraie légende. Il saura nous conseiller.

— Et comment s'appelle-t-il, ce super-lutin-secret ?

* * *

— Jack Botteur !

Nous voici dans un coin isolé de la forêt, où de vieux arbres ont été transformés en résidences tranquilles. Cela fait un peu bizarre dans le voisinage de voir deux agents de l'Avent-Garde en train d'insister lourdement sur une porte.

Houx tambourine sans relâche et lève le nez vers une fenêtre allumée quelques centimètres plus haut dans la maison-arbre. De la lumière en sort : Jack Botteur est chez lui. Ma coéquipière a pourtant déjà sonné, frappé, crié, mais rien. Finalement, c'est une boule de neige jetée sur la fenêtre qui finit par provoquer une réaction. Une tête apparaît, enfile un bonnet, et descend nous ouvrir.

La serrure cliquette une fois, deux fois, trois fois... c'est une vraie forteresse là-dedans ! Et un visage nous fait face. Un lutin aux traits creusés et aux cheveux clairs nous contemple de ses deux petits yeux. Il n'a pas l'air commode.

— Houx ? dit-il. Dame Mite !

Houx rougit un peu. Dans la voiture, elle m'a prévenu que c'était comme ça que Botteur jurait depuis le jour où une énorme mite avait tenté de dévorer son bonnet en pleine mission.

— Qu'est-ce que vous voulez tous les deux ? demande-t-il d'un air inquisiteur.

— On a besoin de votre aide, explique Houx.

— Désolé. J'ai raccroché.

D'un geste sec, il tente de refermer la porte, mais ma coéquipière a déjà mis son pied dedans.

— Ce n'est pas l'agence qui m'envoie. Je viens en amie. Vous pouvez ouvrir à une amie, non ?

— Bon... alors entrez, mais faites vite.

À peine nous sommes-nous glissés à l'intérieur qu'il vérifie que personne ne nous a vus, et reverrouille les loquets qui bloquaient la porte. C'est long. J'ai presque le temps de m'endormir avant qu'il nous invite à passer dans son salon. Un endroit austère, seulement décoré d'affiches de livres : *Bons baisers de Laponie*, *Les Guirlandes sont éternelles*, *On ne fait Noël que deux fois*... Attendez, mais je les connais, ces romans ! C'est lui l'auteur ? Waouh !

— Monsieur Botteur, je suis un grand fan !

Je me lève pour lui serrer la main, mais il se détourne de moi et grignote un chocolat à la liqueur. Pas très aimable...

— Houx, qui m'as-tu ramené là ? Tu sais bien que je préfère être seul.

— Je sais, mais nous avons un problème, et N refuse de nous écouter. Nous pensons qu'un enfant... nous a tendu un piège. À nous, des lutins de l'Avent-Garde.

— Dame Mite !

Jack se laisse tomber dans un fauteuil et frappe l'accoudoir du poing.

— Je le savais. J'ai tenté de prévenir N, je lui disais « L'agence ne sera pas toujours secrète ! Un jour, un enfant va tout découvrir et nous aurons des soucis ! » Mais elle préférait éviter le sujet, et agissait comme si ça n'arriverait jamais. Alors j'ai fini par prendre ma retraite.

— D'accord, mais ça ne nous avance pas beaucoup, je réponds. S'il y a une faille et qu'un enfant a découvert l'agence malgré le secret que nous maintenons, que devons-nous faire ?

Jack plisse les yeux à tel point que ce ne sont plus que deux fentes.

— Il vous faut... trouver la taupe ! Dame Mite !

10 DÉCEMBRE

LUTIN
BONBON
CHOCO-LUTIN

TAUPE SECRET

La taupe.

Pourquoi aller en voir une ? Mais parce que les taupes se promènent justement chez les humains sans être vues ! Et même sous terre, elles ont une très bonne ouïe et entendent tout. Jack est parvenu à convaincre un de ses vieux contacts taupes de nous rencontrer.

Le rendez-vous a lieu au milieu de la forêt qui borde la ville, dans une ambiance étrange à cause de la neige qui tombe et étouffe tous les sons. En tout cas, la taupe qu'a contactée Jack est aussi paranoïaque que lui : Houx doit signaler que la voie est libre en faisant des appels de phares avec notre voiture pour qu'enfin, elle se montre.

Enfin, se montre… un long museau pâle surgit de derrière la racine d'un arbre, et deux pattes griffues

hissent un corps poilu avec, sur la tête, deux yeux minuscules. La créature s'avance alors au milieu des arbres, et manque de tomber lorsqu'elle trébuche sur une racine. Puis elle se reprend.

— Hé, c'est vous les lutins qui cherchez des renseignements ? demande la taupe d'une voix curieusement aiguë.

— Oui, dit Houx en restant près de la voiture. J'ai bien fait les appels de phares convenus ?

— Oui, désolée pour ça, je vois mal alors je reconnais plutôt les gens à des signaux qu'à leurs têtes, explique l'animal. Vous avez mon paiement ?

Je jette aux pieds de la taupe ce qu'elle a exigé. Un sac contenant un énorme ver de terre. Beurk ! Et c'est encore pire lorsqu'elle l'avale comme un gros spaghetti ! Les taupes, c'est vraiment... crado ! Et bigleux, parce qu'elle a bien mis trente secondes à trouver sa bouche. Un peu plus, elle se mettait le ver dans la narine.

— Délicieux, dit enfin la taupe. De la bonne marchandise ! Bon, on n'est pas là pour parler cuisine... Vous êtes des amis de Jack, et ses amis sont mes amis depuis la fois où il m'a sauvé d'un jardinier en...

Oh non ! Je sens qu'on va devoir se farcir une histoire super longue avec des flashbacks ! Je déteste ça.

— On se passera des souvenirs, coupe sèchement Houx. On veut nos informations, Taupe... enfin si je peux vous appeler comme ça ?

— Dans mon métier, on m'appelle Secret, glisse la taupe. Taupe Secret.

C'est une évidence, maintenant qu'elle le dit. Secret reprend donc.

— Comme convenu, je suis allé voir mon réseau souterrain du côté de chez Quentin. Et figurez-vous que c'est exactement ce que vous pensiez : le garçon a déménagé sa chambre et y a laissé un chat la nuit très récemment.

— Ça, nous le savions déjà, dis-je.

— Oui, mais ce que vous ignoriez, me rappelle la taupe de sa voix tellement aiguë qu'elle en est presque insupportable, c'est qu'une de mes bonnes amies taupe l'a clairement entendu parler de « lutins » à son chat. En lui disant « Si des lutins viennent, croque-les » !

Gloups !

— Cette affaire sentait déjà comme une vieille crotte en chocolat, mais là, c'est le pompon ! Ça confirme nos pires craintes : un enfant humain est au courant de notre existence !

— Oui, mais comment ? s'interroge Houx.

— Je peux me renseigner..., suggère Secret.

Et notre contact frotte ses mains griffues contre son ventre.

— Vous voulez un autre ver de terre ? dis-je d'une voix dégoûtée.

— C'est que comme le disait ma maman : si tu sais creuser pour aller au fond des choses, alors fais-toi au moins payer pour le faire ! se justifie Secret.

— Nous n'avons pas le temps d'aller ramasser des vers, rappelle Houx. Nous avons l'information que nous voulions. Maintenant, nous allons trouver par nous-même comment des humains ont pu briser le secret qui nous entoure ! Merci, Secret.

— Vous êtes sûrs ? demande la taupe. Non parce que je peux vous faire un prix... un demi-ver peut-être ?

— À plus tard ! répond Houx en lui tournant le dos.

Je lui emboîte le pas, et nous laissons la taupe derrière nous. Elle disparaît bientôt dans une grande gerbe de terre, pendant que nous retournons à la voiture. Houx y attrape immédiatement la radio.

— Ici les agents Houx et Gui, dit-elle. Code rouge comme la veste du grand patron : un enfant humain est au courant pour l'Avent-Garde. Je répète, un enfant humain est au courant pour l'Avent-Garde ! Nous retournons immédiatement au quartier général.

À peine suis-je monté à bord que Houx fait rugir le moteur. Pied au plancher, moteur hurlant et sirène à fond, nous partons à toute vitesse au travers de la forêt jusqu'à voir apparaître devant nous l'immense sapin qui abrite notre quartier général. Houx fonce tellement qu'en rentrant dans le parking souterrain, elle manque d'écraser d'autres lutins.

— Eh ! Faites gaffe ! s'exclame un agent qui s'est presque fait rouler sur les chaussures.

— Désolée, mais il y a urgence ! rappelle Houx en baissant la vitre. Tu n'as pas remarqué ?

Effectivement : dans le parking, des lumières clignotent et les racines de l'arbre se referment pour bloquer toutes les issues. Le quartier général est en train de passer en mode sécurité maximum !

— ALERTE… ALERTE…, répète une voix automatique dans les les haut-parleurs coincés sous les guirlandes électriques. SÉCURITÉ DU SAPIN COMPROMISE...

— On ferait mieux d'aller retrouver N ! je suggère.

— Tu as raison, Gui. Elle doit être sur les dents... enfin sur le dentier : de toute sa carrière, elle n'a jamais eu à activer l'alerte maximale. Alors si elle l'a fait, c'est qu'elle nous prend enfin au sérieux.

— Je ne sais pas si c'est une bonne ou une mauvaise nouvelle...

La voix automatique continue de hurler :

— ALERTE... TOUS LES LUTINS SONT RAPPELÉS À LEURS POSTES... INTERDICTION DE RESTER PRÈS DE LA MACHINE À CHOCOLAT CHAUD... DES HUMAINS ONT PERCÉ LE SECRET... ACTIVATION DES PROTOCOLES DE RIPOSTE...

— Oh ! Tu veux dire...

— Que dis-tu, Gui ? Je t'entends à peine avec ces haut-parleurs, me crie Houx.

— La riposte, c'est bien ce que je pense ? C'est bien…

La même voix automatique m'interrompt et répond à ma question en lançant :

**DÉCLENCHEMENT
DE L'OPÉRATION
CH.AR.BON.**

11 DÉCEMBRE

LUTIN
BONBON
CHOCO-LUTIN

AU CH.AR.BON !

On peut dire que l'affaire s'est sérieusement compliquée. L'étoile de Noël volée cache un grand danger pour toute l'agence ! Heureusement, maintenant que nous avons donné l'alerte, c'est parti pour l'opération CH.AR.BON.

Le nom de code correspond aux trois étapes à effectuer d'urgence pour sécuriser l'agence si jamais un enfant est au courant de son existence.

1. **CH**ercher l'enfant qui en sait trop.

2. **AR**river à le coincer dans un coin tranquille.

3. **BON** maintenant tu vas nous dire ce que tu sais et l'oublier juste après !

Et quand toute l'Avent-Garde se met en route, c'est quelque chose !

En vingt-quatre heures, N a rassemblé tous les agents qu'elle a pu libérer pour lancer cette opération cruciale.

La partie *CHercher l'enfant qui en sait trop* de l'opération n'est pas trop difficile : nous savons déjà que c'est Quentin Dumier, et où il habite.

Par contre, *ARriver à le coincer dans un coin tranquille*, c'est une autre paire de manches ! Heureusement, Houx a un plan. Et quand elle s'y met, ça pique !

— Les humains, explique-t-elle aux lutins réunis dans le hall de l'agence, adorent leurs téléphones. Ils passent des heures dessus et ils croient toutes les bêtises qu'ils y lisent. Alors pourquoi ne pas envoyer des messages à Quentin ? On a son numéro dans son dossier ! Il ne peut pas voir que ce sont des lutins qui lui écrivent. Nous n'aurons plus qu'à lui proposer un rendez-vous dans un endroit calme... et là, on l'assomme, on l'attache, et on le fait parler !

— OUAIS ! crient en chœur les autres agents.

Nous nous rendons aussitôt dans le laboratoire de l'Avent-Garde, où Prof a, contre un mur, un téléphone piqué aux humains. Il est grand comme un lutin, mais cela ne décourage pas Houx, qui s'empresse de l'allumer et de rentrer le numéro de téléphone de Quentin. Elle lui envoie :

Koukou Kantin

— Mais ? J'ai connu des bonshommes de neige qui écrivaient mieux, et pourtant ils le faisaient avec une carotte ! dis-je.

— Rah, mais non ! Sur les téléphones, les humains écrivent toujours comme des débiles, m'explique Houx. C'est plus crédible.

Je ne comprendrai jamais les humains. Mais en effet, quelques secondes plus tard, nous recevons un message de Quentin.

Ki c ?

— Allez-y, agent Houx, répondez !

N, derrière nous avec les autres lutins de l'agence, retient son souffle. Heureusement que Houx n'a pas le trac, car cette foule de lutins en costume et lunettes de soleil qui nous regardent, avec cette forêt de bonnets, ça fait bizarre. Je me tourne vers ma coéquipière, qui donne de grands coups sur le téléphone pour répondre.

C la persone ke tu prefere à l'ecole !

— Ah non, ça c'est vraiment nul, dit un lutin dans la foule. Il ne sera pas assez andouille pour y croire.

Sauf que le téléphone fait bip ! et un nouveau message de Quentin arrive.

C toi Cléa ?

— Ah ben si, c'est une andouille, reprend le lutin.

— Vas-y, Houx, continue !

Concentrée sur le clavier, elle enchaîne aussitôt.

Wi c moi, g chanjer de numéro

— Balaise ! commente un nouveau lutin.

— Eh, je suis une professionnelle ! dit fièrement Houx. Attendez, je continue.

On peu ce voar demin soar dan lé bois ?
A minui par exemple ? Jé un secré à te dir.

La tension est à son comble, et toutes les dents grincent, les miennes comprises, lorsque la réponse de Quentin n'est pas celle attendue !

Pk minui ?

— Zut ! s'exclame Houx. Il a flairé le truc suspect ! Mais il faut qu'on le sorte de chez lui à une heure où personne ne pourra le voir, sinon c'est cuit !

— Allez-y, répondez quelque chose ! insiste N.

— Mais quoi ?

— Je ne sais pas, moi ! Quelque chose !

Tout le monde retient son souffle, lorsque Houx, après quelques hésitations, tape.

Ben pk pa a midi, eh. A midi je manj. Donc a minui.

Bon, là, tout le monde se met à sourciller. C'est trop gros, c'est ridic...

Ok a minui dan la foré. A ce soar.

Répond Quentin à la surprise générale.

— Il est débile, confirme quelqu'un.

— Débile ou pas, tout le monde à son poste ! ordonne N. Ce soir à minuit, je veux que Quentin tombe dans le piège ! Vous l'assommerez, puis vous l'emmènerez dans la cellule spéciale humains ! Et demain matin, on ira le redéposer quelque part où des humains le trouveront, après lui avoir tout fait oublier des lutins.

— OUAIS !

* * *

Le pauvre Prof est débordé par la horde de lutins qui s'agite dans son laboratoire : toute l'agence est là, à s'équiper pour capturer Quentin.

— Lâchez ce s'grapin, il est expérimental ! Attention, vous allez faire tomber ces boulas ! Mais arrêtez, je n'entends même plus mes chaussures à grelots ! couine Prof.

On l'écoute à peine, car N, debout sur une table, donne des ordres. Avec le laser qui m'a servi contre le chat de Quentin, elle pointe des informations sur une carte de la forêt accrochée au mur.

— Nous allons attendre Quentin cachés ici ! Prof, sortez vos meilleures tenues de camouflage, il va y avoir des lutins plein les branchages !

Sans attendre, des agents foncent vers les placards pour en tirer toutes sortes de costumes bizarres.

— Oh ! Une combinaison vert sapin avec des taches marron ! s'exclame l'un des lutins. Génial, Prof, avec ça, on va être invisibles dans les branches !

— Mais arrêteeeez ! gémit Prof. Ce n'est pas une tenue de camouflage, c'est mon pyjama !

J'espère que ce sont des taches de chocolat... Mais rapidement, j'en reviens à N, qui continue à expliquer son plan.

— Je veux des bûches ! Plein de bûches ! On va les hisser dans les branches avec des ficelles, alors prenez toutes celles que vous trouvez ! Allez piquer des rubans moches à l'Usinulle s'il le faut ! Et quand Quentin arrivera là où on le voudra, on l'assommera en lui larguant une bûche sur sa tête de mule ! Et en vitesse, on n'a que vingt-quatre heures pour tout préparer !

Puis N se frotte les mains.

— Et maintenant, mes fidèles troupes, le clou du spectacle : il va me falloir un grand anorak, un bonnet, de la paille.

Elle s'interrompt.

— Et une carotte ! ajoute-t-elle. Très important, la carotte !

12 DÉCEMBRE

LUTIN
BONBON
CHOCO-LUTIN

EMBUSCADE !

Il est minuit dans les bois. Entre les arbres s'avance d'un pas maladroit la silhouette de Quentin. Un garçon trapu, aux gestes rudes et au nez rougi par le froid, laisse de grosses traces dans la neige.

— Cléa ? Cléaaa ? appelle-t-il. Je suis venu ! C'était pas facile de sortir sans me faire griller par les parents mais je suis là !

Il s'arrête un instant pour écouter. Et puis soudain il entend :

— Moi aussi je suis là !

C'est mon rôle : imiter Cléa. Je suis super bon en imitations, et je fais une jolie voix de fille. Bien caché sur une branche qui surplombe la petite clairière où nous avons tendu le piège, je vois Quentin changer de direction pour venir vers moi. Super ! Ça marche ! Approche, gros bêta !

— Cléa ?

— Je suis làààààà !

Près de moi, Albert le lutin stagiaire pouffe. J'essaie de ne pas rigoler. Depuis toutes les branches, d'autres lutins observent.

— Ah, oui, tu es là ! dit enfin Quentin.

Il a aperçu une silhouette avec un anorak et un bonnet au pied d'un arbre, à la lisière de la clairière. Il s'avance sans le moindre doute : ça ne peut être que Cléa ! Mais ce n'est que lorsqu'il s'en approche suffisamment qu'il constate que ce n'est pas du tout son amie : c'est un bonhomme de neige avec des vêtements d'humain, une carotte à la place du nez, et de la paille pour les cheveux. Il a fallu des heures aux lutins de l'agence pour réaliser ce bonhomme, tout en se faisant houspiller par N qui donnait des consignes précises, mais ça valait le coup ! Quentin ne comprend que trop tard que c'est un piège !

— LA BÛCHE !

Je crie, et Albert lâche la corde qui retenait une bûche. Elle tombe en plein sur la tête du garçon.

— Du premier coup ! hurlons-nous de joie depuis les branches.

Mais, à notre grande surprise, Quentin est encore debout. La bûche s'est fracassée en mille morceaux... mous ?!

— Mais ? C'est une bûche à manger que tu as larguée ?! dis-je à Albert.

— Ben, N m'a demandé d'apporter une bûche, alors moi j'ai apporté une bûche...

— Albert, il nous fallait une VRAIE bûche pour assommer, pas un dessert !

Quentin, lui, regarde en l'air, furieux. Il a compris. En même temps, il faudrait vraiment être bête comme un patin de traîneau pour ne pas comprendre qu'il y a un problème.

— Qui est là ? Qu'est-ce que vous me voulez ? Pourquoi vous m'envoyez du dessert ?

Les lutins se cachent dans les arbres. Mais je n'abandonne pas ! Oh que non ! L'agent Gui est dans la place, et il compte bien épater toute l'agence !

— Albert, N avait demandé plusieurs bûches au cas où. Tu n'en as apporté qu'à manger ?

— Ben oui !

— Et tu en aurais une surgelée ?

— Oui, attachée à cette corde... Mais c'est moins bon, non ?

Il pointe du doigt une ficelle près de moi.

Je tire dessus (sur la ficelle, pas le doigt), et une grosse bûche surgelée tombe. Cette fois-ci, Quentin la reçoit en plein sur sa tête de voleur d'étoile ! Il fait juste « Aïe ! » avant de tituber, puis de tomber dans la neige, inconscient. Des cris de joie s'élèvent des branches alors que tous les lutins aperçoivent le garçon humain à terre.

Jusqu'à ce que N s'avance en écartant une branche de sapin derrière laquelle elle se cachait.

— Les lutins... À L'ASSAUT !

YAAAAH ! Nous crions comme des fous alors que nous descendons des branches, accrochés à des guirlandes qui se déroulent sous nos pieds. Quel spectacle ! Partout, des lutins aux bonnets décorés de l'insigne de l'agence sortent de leurs cachettes pour se ruer sur Quentin.

En un tournemain, il se fait saucissonner à l'aide de guirlandes et de rubans à cadeaux jusqu'à être tellement bien empaqueté qu'on pourrait le déposer dans des chaussons au pied d'un sapin ! Bon, ça ferait un cadeau très moche c'est vrai : celui-là, même l'Usinulle ne l'a pas.

D'autres lutins de l'agence arrivent dans la clairière en poussant une luge. Il n'y a plus qu'à charger Quentin dessus, et c'est parti...

Non, en fait, ça ne part pas trop : qu'est-ce qu'il est lourd !

— Mais il ne mange que des patates ou quoi ? demande un lutin.

— C'est lui la patate ! répond un autre en gloussant.

On ne se décourage pas pour autant. Nous sommes des lutins d'élite surentraînés. Ce n'est pas un simple enfant pas sage qui va nous poser problème, même s'il pèse autant qu'un vieux renne !

—Souvenons-nous des cours de l'Académie, dis-je. Mon vieux professeur répétait toujours...

— Que les humains pèsent une tonne ? suggère Houx.

— Non ! Qu'il n'existe aucun obstacle qu'on ne puisse surmonter avec des cordes, des poulies et le cri « Ho hisse la saucisse » !

Il faut un peu d'efforts, et utiliser les guirlandes suspendues aux branches pour lever notre bonhomme, mais on finit par réussir à embarquer notre précieuse cargaison. Et tous ensemble, nous poussons lentement la luge chargée de Quentin qui se met à ronfler dans les bois. Direction la salle d'interrogatoire !

Heureusement, après avoir amené la luge jusqu'à notre objectif, cette fois, c'est plus facile : la salle d'interrogatoire est conçue pour accueillir un humain, et on y rentre les suspects grâce à une vieille trappe sous une souche. Une partie de l'équipe la soulève, pendant que l'autre pousse la luge jusqu'à l'entrée et la hisse pour faire glisser Quentin.

BLONG ! BLONG ! BLONG !

Comme un vieux sac, nous laissons ce garnement dévaler le toboggan qui mène directement à la salle d'interrogatoire. Sauf qu'à la fin, on entend un grand BOUM !

— Mais ? s'étonne N en entendant ce bruit. On dirait qu'il est tombé par terre ! Il devait y avoir un matelas en dessous pour le recevoir en douceur, non ?

— Si, dis-je. Même que j'ai demandé à Albert le stagiaire de l'installer lui-même !

Nous regardons tous Albert, qui plisse les yeux pour réfléchir intensément.

— Oui, j'ai mis un matelas... mais c'était un matelas pour humains qu'il fallait ? J'en ai mis un pour lutins. Ça pose un problème ?

Eh bien... j'en connais un qui va continuer son gros dodo un peu plus longtemps que prévu !

Mais à son réveil, j'aurais deux trois questions à lui poser !

13 DÉCEMBRE

LUTIN
BONBON
CHOCO-LUTIN

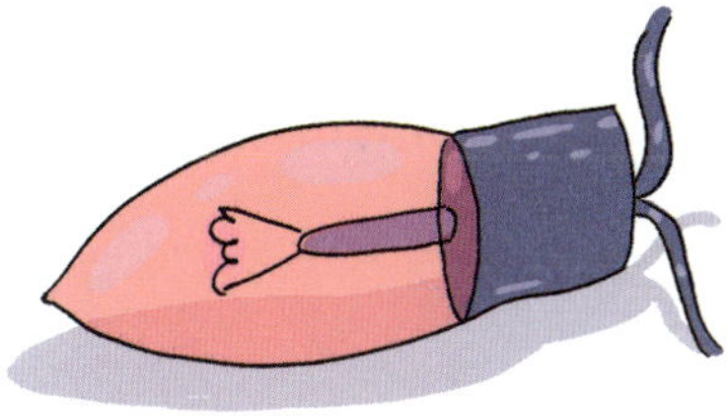

INTERROGATION SURPRISE

— Debout là-dedans !

Quentin Dumier est réveillé par de l’eau glacée qui lui coule sur le visage. Ou plus exactement, de la neige fondue. Il cligne doucement des yeux et regarde autour de lui. Il est dans une petite pièce souterraine, décorée avec des guirlandes, des boules de Noël, et un splendide sapin. Avec quelques toiles d’araignées.

— Pardon, dis-je pour attirer son attention, cette salle n'a pas servi depuis des décennies. En tout cas, c'est ce que ma cheffe m'a expliqué.

Debout sur l'unique table de la salle, à côté d'un avocat bien frais, avec Houx près de moi, j'arbore mon plus beau sourire triomphant. Quentin n'en croit pas ses yeux, et je le comprends : il est en face de deux lutins ! Il tente de remuer, mais découvre qu'il est attaché à sa chaise par une guirlande.

— Des lutins ! Oh, j'en étais sûr ! s'exclame-t-il. C'est vous qui êtes venus chez moi l'autre soir, j'ai entendu mon chat qui n'arrêtait pas de miauler...

— C'est nous, approuve Houx. Et ton chat, on en aurait fait des croquettes si on n'avait pas été pressés !

Bon, ce n'est pas tout à fait vrai, mais c'est pas grave. Ça l'impressionne. En tout cas, sa réponse confirme qu'il *sait*.

— Assez parlé de nous, passons à toi, je reprends en faisant les cent pas sur la table face à lui.

Toute l'agence me regarde, mes collègues lutins étant cachés derrière le mur en glace que forme un coin de la pièce. De la fausse glace, qui permet de voir d'un côté sans être vu de l'autre. Et en plus, si on la lèche, elle a un goût fraise ! Les gars du labo ont fait du bon boulot.

— Quand mes parents vont apprendre que vous me retenez, vous allez avoir de GROS problèmes ! s'exclame Quentin. J'ai pas peur de vous ! Vous allez me faire quoi ? Me chatouiller avec vos bonnets ridicules ?

OOOOOH ! Il a dit du mal de nos bonnets ! Alors ça !

Avant que je ne puisse lui répliquer que c'est très vilain, Houx a sauté sur l'interrupteur de la guirlande qui le retient prisonnier et l'allume. Les lumières se mettent à clignoter très fort l'obligeant à fermer les yeux.

— Arrêtez, ça clignote super vite, c'est insupportable ! gémit Quentin.

— Dans ce cas, coopère, petit père, ou je remets ça ! menace Houx.

Elle refait le coup de *good crotte* et *bad crotte*. Il ne va pas tenir longtemps.

— Mais qu'est-ce que vous voulez savoir ? s'énerve le garçon.

— Tu nous as tendu une embuscade chez toi, tu connais notre existence, je récapitule. Alors dis-nous tout ce que tu sais à notre sujet, et on pourra

peut-être négocier un marché avec le Père Noël pour qu'il soit clément avec toi cette année.

Quentin regarde autour de lui une nouvelle fois, et aperçoit la trappe et le toboggan grâce auxquels on l'a descendu jusqu'ici. Il comprend qu'il est piégé.

— Écoutez, moi, je ne sais pas grand-chose, avoue-t-il. Je n'avais rien demandé. En fait, cette histoire de lutins débiles, je n'y croyais pas.

— Eh, c'est toi le lutin débile ! s'exclame Houx.

— Non, ce que je veux dire, reprend le garçon, c'est que quand Alban est venu me chercher, et qu'il m'a raconté cette histoire de lutins vengeurs de Noël, je me suis moqué de lui. Et puis il m'a montré sa vidéo...

Holà holà holà ! Ça va trop vite !

— Ralentis ! dis-je pendant que Houx prend frénétiquement des notes sur son calepin. Qui est Alban ? Quelle vidéo ?

— Vous ne connaissez pas Alban ? Ah ! Alors vous êtes bien des lutins débiles, en fait ! ricane Quentin.

Il l'aura voulu.

— Houx ? Guirlande.

La guirlande se rallume et clignote si fort que notre suspect peut à peine garder les yeux ouverts.

— Arrêtez ! Arrêtez !

— Alors mets-toi à table ! ordonne Houx.

— Non ! Si je parle, Alban va me mettre du poil à gratter dans le slip ! Vous ne savez pas ce dont il est capable !

— Tu ne sais pas ce dont je suis capable !

Le sourire cruel de Houx suffit à convaincre Quentin qu'elle ne plaisante pas.

— Très bien, lâche-t-il enfin. Je vous raconte tout et vous me laissez partir, d'accord ?

— Je verrai ce que je peux faire, dis-je. Si j'arrive à calmer l'agent Houx... d'accord.

Discrètement, ma coéquipière me donne un petit coup de coude complice. Notre numéro marche plutôt bien !

— Alban, c'est un garçon que je connais parce qu'on joue au foot ensemble. Il y a deux semaines, il m'a raconté une histoire folle, comme quoi il voulait narguer des lutins. Il m'a payé avec des cartes à collectionner super rares pour que je vole l'étoile du marché de Noël, je ne pouvais pas dire non ! Mais bon, comme je suis mauvais grimpeur, j'ai préféré envoyer à ma place ce trouillard de Léo Martin...

— Et c'est quoi, cette histoire de vidéo ?

— C'est le plus bizarre. Alban m'a expliqué qu'une fois que j'aurais fait le coup, je risquais d'avoir la visite de lutins dans ma chambre. Moi, je ne l'ai pas cru. Alors il m'a montré une vidéo sur son téléphone de lutins habillés en costume noir et lunettes de soleil, avec le même bonnet déb...

— La guirlaaaaaaaaande ! menace Houx, une main sur l'interrupteur.

— Euh, le même bonnet que vous, se reprend Quentin. Il m'a juré que c'était vrai, et que si je voulais me débarrasser de ces lutins, il suffisait de leur tendre un piège, comme de déménager mon lit pour quelques nuits et de laisser mon chat à la place.

Je jette un coup d'œil vers la fausse glace. J'imagine derrière N et les autres lutins qui doivent paniquer ! Toute cette opération a été montée par une sorte de mini-génie du mal qui se promène avec une vidéo prouvant notre existence !

Oh là là, plus on avance, pire c'est... Si on ne fait rien, le monde entier va découvrir notre secret !

— Et l'étoile de Noël ? interroge Houx. Où l'as-tu cachée ?

— Je l'ai donnée à Alban ! Moi, je m'en moquais.

— Comment ? Se moquer de l'étoile de Noël ? s'exclame ma coéquipière.

Je suis obligé de l'arrêter avant qu'elle ne lui remette un coup de guirlande.

— On a ce que l'on voulait. À part une chose : il s'appelle comment, exactement, cet Alban ?

Quentin prend une grande inspiration :

— Alban Spectre.

Avec un nom pareil, je frissonne déjà ! Mais en tout cas, maintenant, il ne reste plus qu'à effacer la mémoire du garçon.

— Houx ? Mets la guirlande flasheuse sur puissance maximale, dis-je en ajustant mes lunettes de soleil.

— C'est parti ! s'exclame-t-elle avec joie. Un, deux...

Et trois !

Nous flashons le pauvre Quentin jusqu'à ce qu'il oublie ce qu'il a vu. Puis nous lui remettons un coup de bûche surgelée avant de le ramener chez lui sur un traîneau tiré par des rennes discrètement empruntés au grand patron, en profitant de l'heure tardive pour ne croiser aucun humain. Demain, Quentin se souviendra juste d'un mauvais rêve...

Et il aura un cadeau pourri pour Noël quand même : personne n'échappe à la justice de Noël.

Pas même toi, Alban Spectre !

14 DÉCEMBRE

LUTIN
BONBON
CHOCO-LUTIN

SPECTRE, VOUS AVEZ DIT SPECTRE ?

À l'Usinulle, la cadence est infernale.

Les machines fument et produisent des étincelles, les lutins courent à perdre haleine, et même à l'atelier des pulls moches, on n'entend plus guère rigoler !

Au milieu des tapis qui débordent de cadeaux nazes et de jouets prêts à se casser à la sortie du paquet, Chef court dans tous les sens. Et de temps à autre, retire son bonnet pour s'en servir de porte-voix.

— Hep là-bas, je vous vois vous reposer ! On se dépêche, plus que onze jours avant le grand soir ! Si je vous attrape à bâiller, je vais vous faire tinter les grelots, vous allez voir !

À peine a-t-il terminé de crier que déjà il trouve d'autres lutins à houspiller, et le cirque recommence.

Mais dès qu'il aperçoit nos bonnets aux insignes clinquants qui s'approchent, il saute au bas du tabouret sur lequel il était grimpé et vient nous accueillir.

— Agent Houx ! Agent Gui ! Vous tombez mal, on est un peu débordés.

— Nous aussi, dis-je en soupirant. Oh, Chef, vous n'allez pas aimer, mais on vient vous rajouter du travail...

— Hein ? Mais c'est impossible ! On a déjà du mal à tenir la cadence ! Le vrai problème, c'est qu'il y a trop d'enfants pas sages ! Il doit y avoir un nid, c'est pas possible autrement ! On a du mal à punir tout le monde !

— Justement, c'est bien le problème. On a...

— Un gros souci, complète Houx. Un très gros souci. Genre un bon mètre cinquante.

Chef marmonne quelque chose et compte sur ses doigts.

— Ça fait bien quinze lutins de haut, ça ! Il est énorme votre souci, que se passe-t-il ?

— C'est confidentiel, reprend ma coéquipière. Tout ce que vous devez savoir, c'est que N nous a prié de passer vous voir pour vous demander de préparer une énorme commande de cadeaux pourris pour un humain bien particulier : Alban Spectre.

Le chef d'atelier sort de sa veste un petit carnet qu'il consulte en plissant les yeux.

— Speck... Spip... Spock... non, je n'ai pas de Spectre sur la liste.

— Mais ? Comment est-ce possible ? s'exclame Houx. C'est CLAIREMENT un enfant pas sage ! Il devrait être dans vos dossiers.

— Non, je ne l'ai pas, se désole Chef. Mais attendez : suivez-moi, on va vérifier cela tout de suite.

Nous suivons notre hôte au travers du dédale de tapis roulants et de machines pétaradantes de l'Usinulle.

D'un geste de la main, Chef fait signe à un contremaître de baisser la musique des haut-parleurs qui diffusent les pires chansons de Noël, comme *Mon gros sapin* ou *Vive le vent d'hiver dans le visage*, et bien sûr, l'intégrale de Maria Carré. Celles qui sont nulles, mais qui restent quand même dans la tête. Il s'approche d'un gros téléphone rouge accroché au mur, et y glisse une pièce en chocolat.

— Ouah ! dis-je, épaté. C'est un téléphone rouge ! L'un des seuls téléphones pouvant joindre le Père Noël !

— Ben oui, reprend Houx, s'il avait un téléphone normal, tout le monde ferait tourner son numéro.

— Chut ! s'agite Chef. Sinon on ne va rien entendre.

Nous tendons l'oreille près du combiné, et en effet, une voix automatique en sort.

— *Bonjour. Vous êtes bien dans les bureaux du Père Noël. Si vous souhaitez une histoire, tapez 1. Si vous souhaitez parler à un renne, tapez 2. Si vous voulez nous signaler qu'il y a un problème avec la liste des enfants sages et pas sages parce que vous appelez de l'Usinulle et que vous ne trouvez pas un nom dans votre calepin, tapez 3.*

— Hmmm. J'hésite. Le renne, peut-être ? Hmmm... je dirais... le 3, réfléchit Chef avant d'appuyer sur la touche correspondante.

On entend un cliquetis, puis une tonalité, avant que quelqu'un décroche.

— Bureau de Gestion des Enfants Sages j'écoute ? lance une voix de lutine.

— Bonjour, madame, je cherche à savoir si vous auriez dans vos dossiers un certain Alban Spectre. Il n'est pas sur la liste des enfants pas sages alors qu'apparemment il devrait y être. Est-ce que vous l'avez sur vos listes ?

— Ne bougez pas, je regarde.

Un nouveau cliquetis, et nous avons le droit à la musique d'attente.

Vive le vent... vive le vent... votre temps d'attente est estimé à... trois minutes.

Mouais. Douze minutes, quoi.

— En attendant, puis-je vous parler de Lucie ? sourit Houx. J'ai eu de nouvelles idées de cadeaux pour cette petite peste. Je pensais à ces caramels, vous savez, ceux qui sont mous et collent aux dents, et laissent des morceaux coincés durant des jours ?

Mais à l'autre bout du fil, une voix interrompt brièvement la conversation.

— Alban Spectre, vous dites ? Êtes-vous bien sûr qu'il s'agit d'un enfant ? C'est bizarre, on ne l'a pas.

Je viens d'appeler l'usine des jouets pour enfants sages : ils n'ont rien non plus. S'il n'est pas chez nous, c'est qu'il est chez vous, à l'Usinulle !

— Mais non, justement, je vous appelle parce que s'il n'est pas chez nous, c'est qu'il est chez vous !

Chef se met à rouspéter au téléphone.

Et lorsque son interlocutrice lui explique qu'il doit être aussi nul que son usine, je fais signe

au contremaître de remonter la musique : Chef s'énerve dans un langage très fleuri.

J'ai arrêté d'écouter lorsqu'il l'a traitée de « Chausson qui pue ».

— Bon, là, on a un gros problème, me glisse Houx pendant que, derrière moi, Chef parle de « Vieux renne péteur ». Alban Spectre n'est ni sur la liste des enfants sages, ni sur la liste des enfants pas sages.

— Mais c'est impossible !

— Je suis bien d'accord, et c'est ça le problème : s'il n'est sur aucune liste, c'est qu'il n'existe pas. Ce qui nous pose un vrai souci...

Houx se tourne soudain vers une fenêtre. Oh non ! Elle va me faire le coup de celle qui parle en regardant l'horizon pour faire genre elle dit des trucs intelligents !

Pfff, pas encore !

Mais pourquoi ils font ça tout le temps ? Houhou ?

J'agite les mains devant les yeux de Houx, mais elle fait semblant de ne pas me voir pour continuer à fixer un truc au loin. Rooh, ça y est, je sens qu'elle va le dire, son truc profond et spirituel...

— Si Alban Spectre n'est nulle part... comment peut-on punir un enfant qui n'existe pas ?

15 DÉCEMBRE

LUTIN
BONBON
CHOCO-LUTIN

L'ENFANT QUI N'EXISTAIT PAS

— Je croyais pourtant que notre système informatique stockait absolument TOUT ?

Dans le laboratoire de l'Avent-Garde, N tourne en rond, soucieuse. Enfin, je pense. Avec toutes ses rides, on dirait surtout un accordéon avec un bonnet. Mais un accordéon soucieux. Près d'elle, Prof est si nerveux qu'il en ronge presque son bonnet.

— C’est que je n’y comprends rien, madame N. Rien du tout. Si cet Alban Spectre existe, il devrait être dans nos listes ! Peut-être que vous avez le mauvais nom ? suggère Prof. Ce Quentin que vous avez interrogé vous aurait raconté n’importe quoi ?

Houx et moi échangeons un regard interrogateur. Serait-ce possible ? N balaie cette idée d’un revers de la main.

— Non, je ne pense pas. Il avait l'air sincère. Ça vient forcément de votre système, Prof.

— Mon système fonctionne très bien ! Je l'ai codé moi-même ! s'indigne le concerné avant de se raviser. Je veux dire... ahem, madame, ça ne vient pas de chez moi. Donc la vérité est ailleurs.

— Eh bien, si vous l'affirmez... Et vous, là ! Houx ! Gui ! Ne restez pas à me regarder comme des lapins devant une guirlande ! Retrouvez-moi cet Alban Spectre ! Il doit bien avoir laissé des traces quelque part. Allez, ouste, du vent ! Du vent d'hiver si vous voulez, mais du vent quand même !

On ne s'attarde pas dans le laboratoire avec une N en pétard !

Houx et moi filons si vite que nous devons nous accrocher à nos bonnets, et ne ralentissons l'allure que lorsque nous n'entendons plus notre cheffe rouspéter.

— Alors ça ! s'exclame Houx. N qui pensait tout régler avec une opération CH.AR.BON et voilà qu'elle est bloquée à l'étape un : *CHercher l'enfant qui en sait trop.*

— Bloquée, et nous avec ! fais-je remarquer. Toute l'agence repose sur la bonne tenue des dossiers des enfants sages et pas sages. S'il manque un nom, ça ne va plus ! Mais d'ailleurs, si un enfant n'est sur aucune des listes, comment peut-il recevoir des cadeaux à Noël ?

— Peut-être que ce sont ses parents qui achètent les siens ?

Nous nous regardons et nous éclatons de rire. Quelle idée bizarre !

Mais c'est rigolo : je la ressortirai.

En attendant, par où commencer ?

— S'il n'est pas dans le système informatique, il reste peut-être un endroit auquel nous n'avons pas pensé. Les archives papier.

— Attends, réfléchit Houx. Mais c'est une excellente idée, Gui ! Sauf que plus personne n'utilise de papier à part...

D'une même voix, nous nous exclamons :

— À PART L'ADMINISTRATION !

— Tu te souviens d'Ursula ? La lutine aux doigts squelettiques qui tapait super lentement sur l'ordinateur et voulait imprimer les formulaires ? me dit Houx.

— Oh que oui ! Ça sentait les vieux papiers et l'encre à tampons là-dedans : on y va !

* * *

Derrière sa vitre de protection, l'affreuse lutine nous regarde en essuyant ses grosses lunettes.

— Non, non et non ! Je ne vous ouvre pas la porte de mon bureau ! Vous m'avez déjà eue la dernière fois. Si vous avez un problème urgent, vous devez d'abord remplir un formulaire.

— Oh oui ! s'exclame joyeusement Houx en tapant dans ses mains. Des formulaires ! Plein de formulaires ! J'adore les formulaires.

La lutine n'en revient pas. Elle remet ses lunettes et dévisage ma collègue.

— Vraiment ?

— Oui ! Est-ce que vous en auriez à me donner ? Déjà imprimés ? Oh oui, quel est le plus GROS formulaire disponible que vous auriez ?

Pour la première fois, la lutine se met à sourire, et sort une énorme liasse de vieux formulaires jaunis.

— C'est une bien meilleure attitude que voilà ! dit-elle. Le papier, il n'y a que ça de vrai ! Voici le formulaire de demande de remboursement de frais de chocolats. Tout le monde en avale mais personne ne le remplit jamais ! Vous feriez bien de commencer, car justement, il est très long. Cent cinquante pages !

Elle le glisse par une trappe dans la vitre, et l'énorme tas de papier passe à peine. Mais à sa grande surprise, lorsque Houx le réceptionne, au lieu de sortir un stylo, elle sort un briquet.

— Mais ? s'exclame Ursula. Que faites-vous à tous ces beaux formulaires ?

— Je fais... DU FEU ! sourit cruellement Houx.

Et elle éclate de son rire diabolique qui me fait frissonner. Puis elle jette le tas de papiers par terre, et là, c'est à moi de jouer.

— Gui, jette toutes les branches de sapin bien vertes que tu as sur ce feu !

— Arrêteeeez ! crie Ursula. Ça fait de la fuméééééeee !

— C'est le but !

Houx et moi soufflons sur le petit feu pour envoyer la fumée vers Ursula qui n'arrête pas de tousser.

On l'enfume comme un vieux terrier de lapin ! Une seule solution pour elle : sortir !

Finalement, elle se lève, ouvre la porte du bureau, et s'enfuit par là en hurlant :

— Tous mes beaux formulaires ! Vous êtes des MONSTRES !

— C'est vrai que les papiers de l'administration, c'est utile en fait, dis-je en ricanant.

Nous éteignons vite notre petit incendie avant de cramer la moquette, et nous entrons dans le bureau d'Ursula, qui déborde de casiers d'archives.

Il y a des siècles de documents là-dedans.

Nous commençons à fouiller, et au bout de quelques minutes je pousse un cri de victoire.

— Houx ! Regarde ce que j'ai trouvé.

J'agite de la main un dossier sur lequel est accrochée avec un trombone la photo d'un petit garçon qui a l'air de regarder l'appareil photo méchamment. Au-dessus de sa trombine, on peut lire écrit en grosses lettres tapées à la machine :

ALBAN SPECTRE.

— Il existe ! dis-je.

Houx cherche une fenêtre vers laquelle se tourner pour déclarer un truc intelligent.

Je m'empresse d'aller fermer tous les volets : comme ça, elle ne pourra pas me faire le coup de celle qui fixe l'horizon.

Ma coéquipière fronce les sourcils, voyant que j'ai ruiné ses effets, mais tant pis. Elle hausse les épaules et me lance :

— Et s'il existe… on peut le PUNIR.

16 DÉCEMBRE

LUTIN
BONBON
CHOCO-LUTIN

PIQUE ET PIQUE

Le problème des dossiers papier, c'est qu'ils ne sont pas toujours à jour. Et évidemment, pour une raison assez bizarre, notre suspect est le seul à ne pas avoir un dossier informatique ! Alors forcément, ça pose quelques problèmes.

— Comme avoir la mauvaise adresse ! peste Houx en donnant un coup sur le capot de la voiture.

Ma coéquipière jette un regard noir au petit pavillon devant lequel nous nous sommes garés. Notre dossier est complètement dépassé, et c'est une nouvelle famille qui habite à l'adresse indiquée.

— Peut-être qu'on trouvera l'adresse d'Alban ailleurs. Après tout, il jouait au foot avec Quentin, il doit y avoir son adresse à son club ?

— Non, rétorque Houx. Une équipe est déjà allée sur place, tu penses bien. Ils ont trouvé un vestiaire sale et des chaussettes qui puent, mais rien d'autre. Si le club a des papiers, ils sont rangés ailleurs. On est coincés ! Autant rentrer. Et en vitesse, je n'aime pas trop le quartier.

— Ah ?

Il m'a l'air très bien, ce quartier, pourtant. De jolies maisons, des haies pour séparer des jardins bien entretenus... je ne vois pas le problème. Du moins, jusqu'à ce que nous entendions du bruit dans une haie voisine.

— Oh non ! pâlit Houx.

— Quoi ? Qu'est-ce qu'il y a ?

— Ils ont dû nous entendre… Non !

Les feuilles de la haie frémissent, et moi aussi. Quelque chose s'approche ! Qu'est-ce que c'est ? Des chiens ? Des chats ?

— Pas de panique, Houx, dis-je en ouvrant le coffre de la voiture pour en sortir le pointeur laser. Les chats, je m'en charge !

J'agite le pointeur sur les feuilles, et soudain j'aperçois d'autres points rouges. Alors ça, c'est bizarre ! Ce serait un bug de mon laser ? Je le secoue avant de comprendre le problème : ce ne sont pas des points rouges que j'aperçois ! Ce sont de petits yeux qui nous fixent ! Houx m'agrippe l'épaule :

— Grimpe dans la voiture, vite ! Ce sont…

Une des créatures des buissons s'avance pesamment. Ses yeux fixés sur nous, elle est terrifiante ! Et lorsque son corps écarte les feuilles devant elle, certaines viennent se planter sur des picots ornés d'autres trophées : papiers tagués, tatouages temporaires à coller soi-même, têtes de jouets...

— DES HÉRISSONS ! me hurle Houx.

Oh là là ! Il y en a une bonne dizaine ! Nous étions si occupés à discuter que nous n'avons pas réalisé que ces animaux aux pattes silencieuses nous avaient lentement encerclés ! Je veux grimper dans la voiture, mais l'un des hérissons a déjà bondi sur moi et claqué la portière.

— Eh, où tu vas, mec ? dit-il. Ça ne sert à rien de prendre ta voiture, le pneu est crevé.

— Comment ? Il n'est pas crevé du tout, il...

Le hérisson s'appuie contre la voiture en prenant une pose cool, et ses picots crèvent le pneu avant ! Il sourit, tout en jouant avec un picot qu'il s'est enfoncé dans le museau en guise de piercing.

— Surtout, prudence ! me chuchote Houx. Les gangs de hérissons ne sont pas à prendre à la légère.

Oh, je n'aime pas ça !

— Alors les p'tits lutins, on s'est perdus ? nous demande leur chef, celui au dos planté du plus grand nombre de décorations. On va appeler son Papa Noël ?

— On ne veut pas d'ennuis, tempère Houx. Nous ne faisions que passer. Laissez-nous changer notre pneu, et nous partirons.

— Woah ! meugle un hérisson qui a piqué des décalcomanies de flammes pour les arborer sur ses flancs. Elle veut pas rester, la p'tite ! On pue, c'est ça ?

Alors oui, ils puent. Visiblement, quand on ressemble au côté piquant d'une éponge, on évite de s'approcher du savon de peur de servir à faire la vaisselle. Enfin, je suppose que c'est ça, car ils cocottent comme l'écurie des rennes du grand patron !

— Écoutez, reprend ma coéquipière, nous étions juste venus chercher quelqu'un qui n'habite plus ici.

— Sûrement pas un hérisson, reprend leur chef. Vous n'avez jamais un p'tit cadeau pour les hérissons. Hein, les gars, qu'à Noël on peut se brosser ?

— Pour sûr, chef !

Ils forment un cercle autour de nous en ricanant.

— Vous avez déjà les humains qui vous donnent à manger, grogne Houx. Sauf que nous, on sait que vous n'êtes pas aussi mignons que vous voulez leur faire croire ! Maintenant, laissez-nous partir, ça suffit !

— Eh, mais c'est qu'elle nous donnerait des ordres, hein, chef ? se moque un hérisson.

— Ça y ressemblait bien ! P'têtre qu'on devrait… piquer sa curiosité ?

Je m'avance.

— Qu'est-ce que vous voulez à la fin ?

— Un p'tit cadeau, suggère leur chef. P'têtre qu'on devrait se garder vos pneus...

— Oh oui, chef ! glousse cruellement un hérisson.

— Vous vous y connaissez en cadeaux, non ? Ou alors vos beaux badges brillants...

— Oui ! Brillants ! reprennent les autres.

— Ou bien vos chap...

HEIN ?

— ALORS LÀ, PAS LES CHAPEAUX ! j'éclate de colère. Les chapeaux pointus, c'est sacré ! Vous voulez que je vous retire vos picots, les gros malins ? Je suis de l'Avent-Garde ! Je connais 47 manières de vous faire sonner les grelots, juste avec les pouces ! Vous voulez la bagarre ? Vous allez l'avoir ! Et quand en plus ma patronne saura que vous nous avez brisé les noisettes, elle enverra tellement de lutins vous retrouver que vous

vous réveillerez scratchés au mur d'une cellule avant même de pouvoir dire « Joyeux Noël » !

Le hérisson en chef bondit en arrière.

— Woh ! Du calme, man ! C'est cool, on plaisantait ! On veut pas vous déranger, on sait que vous êtes ici pour le boulot !

Près de moi, Houx sourit. Visiblement, elle est impressionnée, et satisfaite de voir les hérissons se mettre sur la défensive.

— Ah oui ? demande-t-elle. Je sais que vous adorez vous mêler de tout, mais là, j'en doute.

— Vous venez voir... Lucie ! rit leur chef. Cette fille pas sage que vous adorez punir et qui vit dans le quartier, pas vrai, agent Houx ? Ce n'est pas la première année qu'on vous voit par ici venir l'observer pour lui trouver les pires cadeaux !

— Perdu ! triomphe ma collègue. Je viens... Attendez, c'est vrai que Lucie habite par ici !

— Ben oui ! claironne le hérisson. Vous êtes devant l'ancienne maison de son meilleur ami.

— QUOI ?!

Houx et moi avons crié en chœur. Comment est-ce possible ? La cible préférée de Houx serait la meilleure amie d'Alban, notre diabolique criminel ? C'est trop gros pour être une coïncidence ! On dirait qu'avec leurs commérages, les hérissons viennent de nous lâcher une grosse information !

Et si… ces enfants pas sages avaient formé une alliance ?

Ce serait DINGUE !

17 DÉCEMBRE

LUTIN
BONBON
CHOCO-LUTIN

L'AFFAIRE LUCIE

— Si Lucie est liée à Alban, on va le savoir !

Ma coéquipière n'arrête pas de tourner en rond, ce qui est embêtant car cela fait trembler la mini-camionnette dans laquelle nous sommes en planque. Un véhicule prêté par l'agence, et recouvert de plantes pour pouvoir le garer dans un jardin sans se faire repérer.

Nous sommes donc au milieu des géraniums de la maman de Lucie, l'ennemie jurée de Houx, pour espionner la chambre de cette infernale fille pas sage ! Nous pouvons entendre tout ce qui se dit dans sa chambre grâce à un système de haute technologie : un pot de yaourt coincé devant sa fenêtre, relié par un fil à notre camionnette.

— Pfff, on s'ennuie ! dis-je en tapant les gros écouteurs du casque sur mes oreilles. Ça fait des heures qu'on est là et elle se contente de regarder des vidéos débiles sur son téléphone !

— C'est une humaine, soupire Houx. Si elle ne regarde pas deux heures de trucs idiots par jour, elle ne sait pas quoi faire. Surtout Lucie. Quand elle n'est pas devant un écran, elle crie, elle râle, elle se roule par terre... Je te le répète, Gui : c'est ma PIRE cliente ! Des années et des années que je la pourris chaque Noël, et elle n'apprend rien ! J'affirmerais même que plus elle grandit, pire c'est. Mais je l'AURAI UN JOUR, JE L'AURAI !

Houx me fait un petit peu peur, là, quand même, avec ses yeux fous. Elle ne supporte pas que Lucie lui résiste !

— En plus, il faudra bientôt partir, se désole-t-elle. On ne pourra plus rester ici très longtemps.

— On est repérés ?

— Non : on n'a presque plus de chocolat chaud dans le Thermos.

Oh ! Ça, c'est la galère ! Mais ce doit être un miracle de Noël, car pile au moment où l'agent Houx me dit cela, voilà que, dans mon casque, j'entends le téléphone de Lucie qui sonne. Et lorsqu'elle décroche, elle prononce un nom : celui d'Alban.

— Hein ? Qu'est-ce qu'il se passe ? s'exclame Houx en me voyant gesticuler.

— Chut, j'écoute !

— Mais tu écoutes quoi ? Que dit-elle ?

Rah ! On n'a qu'un casque, alors tant pis ! J'attrape la tête de Houx, je la colle contre la mienne, et voilà ! Maintenant, nous avons chacun un écouteur sur une oreille. Et on peut suivre ce que raconte cette chipie de Lucie.

— Comment ça va ? Moi aussi. Pardon ? Ah oui ! Tu penses ?

Houx et moi sourcillons. C'est nul, on n'entend pas Alban ! Au labo, Prof nous a dit qu'il n'avait pas de quoi écouter les téléphones. Il va peut-être falloir qu'il se remue les grelots, celui-là, parce qu'on a l'air fins avec notre yaourt à fil !

— Les lutins sont venus ? demande soudain Lucie.

Cette peste parle de nous ! Houx et moi nous concentrons.

— Quentin ? Ça a marché ? Très bien, hi hi ! Je n'y croyais pas, mais c'est sûr, on va avoir de super cadeaux !

Houx retire sa tête du casque, et l'écouteur me claque l'oreille si fort que je manque de tomber.

— Eh mais ça va pas ? dis-je en me massant l'oreille.

— Non, ça ne va pas ! s'exclame ma collègue. Je ne vois pas comment cette petite fraudeuse peut s'imaginer qu'elle va avoir de super cadeaux ! J'ai des commandes spéciales de l'Usinulle rien que pour sa truffe !

— Je parlais du casque sur ma truffe à moi ! Et puis chut, j'écoute !

Je me concentre sur ce que raconte Lucie.

— Hein ? Ah oui, pardon... on se retrouve chez toi ? C'est bien au 8, allée des Lilas ? D'accord ! Il n'y aura personne d'autre ? Parfait !

Je prends des notes : ça y est, on a une adresse ! Victoire ! Je glapis de joie, mais mes cris sont presque couverts par les reniflements de Houx. Je lui tends un mouchoir, un peu embêté de l'entendre casser ainsi notre super ambiance de triomphe.

— Pourquoi tu me donnes ça ? demande-t-elle.

— Ben, tu renifles super fort !

— Mais ? Ce n'est pas moi, c'est toi !

Nous écoutons tous les deux. Quelqu'un renifle très, très fort et ce n'est pas nous ! Je passe à l'avant de la camionnette, et je comprends mieux…

Une énorme truffe humide est en train de se frotter au pare-brise, alors qu'une langue dégoulinante de bave s'attaque au capot.

— ALERTE AU CHIEN ! hurlons-nous de concert.

— Gui ! crie Houx en s'accrochant à une paroi de la camionnette. Démarre !

— Attends, peut-être qu'il nous prend pour un buisson !

— JUSTEMENT ! Qu'est-ce que les chiens font aux buissons qu'ils ne connaissent pas ?

Euh… d'après mes notes de l'académie, les chiens ne mangent pas d'herbe. Par contre, ils font beaucoup pipi sur…

— DÉMAAAAAARRE ! hurle Houx.

Oh que oui ! Je n'ai pas prévu de finir noyé ce soir à cause d'un gros chien baveux ! J'allume le moteur, je mets les phares à fond, et le chien qui nous reniflait recule en piaillant. C'est un gros caniche trop moche, qui, passé la première surprise, se met à grogner et à aboyer.

— Accroche-toi, Houx !

Pied au plancher ! La camionnette recouverte de végétation fonce dans le jardin, et j'aperçois Lucie, attirée par les aboiements, qui regarde par la fenêtre. Tout ce qu'elle voit, c'est un buisson avec des phares qui fonce sur l'herbe, poursuivi par son andouille de chien. Elle ne doit rien comprendre !

Soudain, la camionnette se met à tourner sans que je comprenne pourquoi.

— Le fil ! me crie Houx. On est encore reliés au fil qui va jusqu'au yaourt pour espionner Lucie !

— Coupe-le !

— Mais il est à l'extérieur de la camionnette !

Bon sang ! Je me retrouve à devoir repartir en arrière, le fil piégeant notre mini-véhicule. Et comme je ne peux pas semer le chien, je tourne autour à fond. J'esquive une grosse patte, je fonce sous une queue, je mets les essuie-glaces pour virer la bave que ce caniche envoie partout en aboyant...

Houx, elle, a ouvert grand les portières, et avec des ciseaux tente de couper le fil relié au toit de la camionnette. Elle se prend des gouttes de bave, manque de perdre son chapeau, et à force de cascades, rate plusieurs fois son coup.

— Vite ! je hurle. Je ne sais pas ce qu'il se passe, la camionnette se rapproche toujours plus du chien !

— C'est bon... j'ai coupé !

Ma collègue retombe à l'intérieur de la camionnette dont elle ferme les portières. Derrière nous, le chien est soudain immobile, et nous regarde avec de grands yeux. Est-il impressionné par ma conduite ? Non ! À force de tourner autour avec le fil du pot de yaourt tendu, je l'ai enroulé le long de ses pattes. Maintenant, ce pauvre caniche ressemble à un saucisson. À un saucisson moche, mais un saucisson quand même.

Nous voilà libérés ! Je fais vrombir le moteur, et direction la sortie du jardin, que nous passons alors que Lucie sort de la maison en glapissant qu'on s'en prend à son chien. Même pas vrai, c'est lui qui s'en prenait à nous ! Menace de pipi sur un agent de l'Avent-Garde, c'est du sérieux.

À l'arrière, Houx regarde, depuis le hublot sur la portière, Lucie qui disparaît dans la nuit.

— Toi..., dit-elle. Je vais tellement faire de ton Noël un ENFER !

18 DÉCEMBRE

LUTIN
BONBON
CHOCO-LUTIN

8, ALLÉE DES LILAS

8, allée des Lilas.

Tu parles d'une maison ! On dirait plutôt une vieille ruine. Pas de lumières, des murs sales, du lierre qui rampe le long des gouttières jusqu'à remonter sous les tuiles du toit… brrr !

— Ça ne donne pas envie de s'approcher, je murmure, un peu inquiet.

— Justement, c'est une cachette idéale pour un enfant pas sage, me répond N.

On est un bon paquet de lutins dans la salle de réunion, les yeux collés sur l'écran où apparaît la maison, filmée en direct par un drone. Deux collègues, perchés sur l'énorme télécommande de la machine, font bouger les manettes en suivant les consignes de Prof, sorti de son laboratoire pour l'occasion.

— Attention ! grogne-t-il. Pas trop vite, vous allez le faire s'écraser !

— Doucement, Prof, le reprend N. Vous êtes nerveux, mais tout va bien se passer, ces lutins prendront bien soin de votre machine.

Le scientifique bougonne. Depuis qu'on lui a ramené une camionnette camouflée couverte de bave de chien, et une voiture aux pneus crevés, je sens bien qu'il a un peu moins confiance dans la prudence des agents de l'Avent-Garde.

— Un chocolat ? je lui propose.

Il refuse, concentré sur l'écran sur lequel nous apercevons deux séries de petits cônes surgir de derrière une pierre devant la maison. Ce sont les bonnets pointus des lutins de l'UTIN, l'Unité de Terrain et d'Intervention de Noël. Vêtus de noir, avec de grosses lunettes de protection, ils sont là pour gérer les situations qui nécessitent de sortir les muscles. Comme, par exemple, aller attraper un certain Alban et lui apprendre à ne pas chercher des noisettes aux lutins ! Non mais !

Sur l'écran, nous voyons les deux groupes se séparer. L'un utilise des s'grapins pour monter sur le toit, et dans un silence impeccable se positionne autour de la cheminée pour y descendre. L'autre groupe, lui, va à la porte principale et, en utilisant un lutin avec la tête particulièrement dure comme un bélier, défonce la chatière.

— GO GO GO !

Les lutins bondissent par la cheminée et la porte. D'après les informations obtenues de Lucie, Alban devrait être seul dans la maison, aussi on peut faire du bruit ! Des pétards sont jetés par l'équipe dans chaque pièce pour semer le chaos et empêcher la cible de pouvoir se défendre. Tout le monde est très tendu. Alors que l'UTIN progresse de pièce en pièce, on les entend dire :

— Rien ici !

— Rien là.

— Ah, ça y est ! J'ai... ah non, c'est un miroir...

N est sur le point d'avaler ses propres doigts tant elle se ronge les ongles. Elle finit par donner un grand coup de poing sur la table – et se fait encore mal – puis jure, à cause de la douleur comme du résultat : la maison est vide ! Les deux équipes n'ont rien trouvé !

— Ce n'est pas possible ! lance N. Agent Houx ! Agent Gui ! Êtes-vous sûrs d'avoir obtenu la bonne adresse ? Vous avez peut-être mal entendu !

— Non, c'est celle-là ! assure Houx. Pas d'erreur !

— Alors comment expliquez-vous qu'il n'y ait personne ?

Tout le monde se creuse la tête. À part Prof, qui, tout pâle, essaie de calmer les lutins qui manipulent son drone et veulent le rapprocher pour mieux voir.

— Il y a une explication, finit par déclarer Houx. Si Quentin nous attendait, pourquoi est-ce qu'Alban n'aurait pas pris les mêmes précautions ? Ce qui pourrait signifier que...

Sur la radio, un lutin prend la parole :

— Eh, les gars ! Il y a une espèce de fil rigolo par terre ! Qu'est-ce qu'il y a au bout à votre avis ?

Je bondis en même temps que Houx, en hurlant :

— C'EST UN PIÈGE !

N n'a pas le temps d'ordonner à l'UTIN de se replier : à l'intérieur de la maison, tout est déjà en marche. Une sirène retentit, et les lutins de l'équipe d'intervention se précipitent vers la sortie, comme on peut le voir grâce à la minuscule caméra que transporte un de nos agents. Au moment où tout le monde atteint la chatière pour s'exfiltrer... une cage tombe du plafond et enferme nos compagnons, qui se mettent à pousser de grands cris.

— Équipe verte ? Ici équipe rouge, nous sommes prisonniers !

UTIN CAM
18 DEC

21:05

— Ici équipe verte, nous aussi ! Nous sommes dans la même cage, équipe rouge !

— Ah oui... AU SECOUUUUURS !

La caméra tremble lorsque d'un placard surgit la silhouette d'un grand gaillard aux yeux cruels. Un enfant à l'air aussi malin que maléfique, et dont le regard se pose sur son piège. Vêtu de noir, il se penche sur la cage et sourit de toutes ses dents.

— Quelle belle prise ! se moque-t-il. Je suppose que tous vos amis vous regardent ? Alors si je suis en direct, bonjour, l'Avent-Garde ! Je vous remercie de m'avoir fait ce beau cadeau : de vrais beaux lutins ! Ils vont me permettre, à moi aussi, de me montrer généreux.

Il s'éclaircit la voix.

— Lutins de l'Avent-Garde, si vous voulez revoir vos amis, vous avez jusqu'au 24 décembre pour dissoudre votre agence et faire de beaux cadeaux, même aux enfants pas sages, et pas seulement à ces idiots d'enfants sages ! Sinon... je serai obligé de révéler l'existence des lutins au monde entier ! Et vous aurez de plus gros problèmes à gérer que de trouver des cadeaux pourris pour mon amie Lucie, moi, et tant d'autres !

Il éclate d'un rire diabolique, puis fait un geste étrange à la caméra. Elle s'éteint aussitôt !

Quant au drone au-dessus de la maison, il se met à tournoyer et s'écrase au sol dans une gerbe d'étincelles, la caméra se brisant aussi dans la chute. Nous sommes aveugles ! Impossible de savoir où Alban Spectre emmène nos amis...

C'est impossible ! Nous sommes une agence secrète de supers lutins, comment est-ce qu'un enfant pourrait parvenir à nous surpasser ? Je n'en crois tellement pas mes yeux que je tire mon bonnet jusqu'à ne plus voir grand chose. J'aimerais presque me cacher dedans.

N, elle, est incrédule.

— Lutins, je crois que nous venons de rencontrer... ALBAN SPECTRE !

19 DÉCEMBRE

LUTIN
BONBON
CHOCO-LUTIN

L'UTIN EN DANGER !

Après les événements d'hier, l'agence nage en plein chaos ! N est complètement abattue par l'enlèvement de l'intégralité de l'équipe de l'UTIN par Alban. Elle ne sait plus où donner de la tête, et imagine déjà quand elle va devoir annoncer au Père Noël que son agence d'élite supposée surveiller les enfants pas sages… s'est fait rouler par l'un d'entre eux !

Houx et moi sommes enfoncés dans nos cache-col, à faire les cent pas devant la maison où l'embuscade a eu lieu. Mais lorsque Horatio Renne, le chef de l'équipe scientifique, apparaît sur le perron après des heures à tout inspecter, il a le visage aussi fermé que ses poings.

— Il n'a laissé aucun indice. On peut dire qu'il a disparu...

Il chausse ses lunettes de soleil.

— ... comme un spectre.

Houx le secoue à en faire voler ses lunettes de soleil.

— Horatio, votre manie d'enfiler vos lunettes en faisant un jeu de mots pourri est insupportable ! s'emporte-t-elle. L'heure est grave, et vous, vous faites des blagues ! Retournez là-dedans vous mettre au travail !

— Euh, oui, madame !

Horatio fait demi-tour et trotte jusqu'à l'intérieur pour reprendre ses investigations. Houx est tellement furieuse qu'elle a des petits airs de N. Et moi, je tourne autour du drone écrasé dans le jardin. Les autocollants « Joyeux Noël ! » me mettent mal à l'aise. Tu parles d'un joyeux Noël !

— On va le retrouver, me dit Houx en me tapotant l'épaule. Et je te jure qu'il va payer, ce sale petit...

— Le retrouver ? Il faudrait déjà savoir où chercher. Horatio n'a aucun indice.

— C'est sûr que ça aurait été plus simple de le suivre avec le drone. Si seulement on savait comment il l'a fait s'écraser. Le drone n'avait aucun problème, rien à signaler, et paf ! Il est tombé comme par enchantement.

Une idée me traverse l'esprit.

— Attends, répète-moi ça ? je demande.

— La partie sur l'enchantement ?

— Non ! Le drone n'avait apparemment aucun problème ?

— Pas jusqu'à ce qu'il s'écrase...

— Et la caméra de l'équipe de l'UTIN ? Elle s'est éteinte aussi au signal d'Alban ! Rien non plus ?

— Rien.

Une idée est en train de germer sous mon bonnet.

— Et si la caméra n'avait eu aucun problème ? Et le drone non plus ?

— Ah ben si, sinon ils ne se seraient pas éteints..., me rappelle ma collègue.

— Justement ! Nous sommes tous ici, sur le terrain, en partant du principe que c'est Alban qui a éteint la caméra et le drone ! Mais si ce n'était pas lui ? Si, pendant que l'on cherchait ici, le vrai coupable était au seul endroit où l'on n'a pas pensé à regarder ?

Houx écarquille les yeux. Ça y est, elle vient de comprendre !

En un instant, nous sommes dans la voiture, et nous fonçons à travers les rues de la ville jusque dans les bois. La sirène hurle entre les arbres, éloignant les animaux jusqu'à ce que nous disparaissions dans le parking de l'Avent-Garde. Houx martèle le bouton de l'ascenseur si fort que j'ai l'impression qu'elle va le casser, et nous arrivons à l'étage des bureaux, où N, qui était occupée à parler à des agents, pose sur nous un regard plein de colère.

— Hep, tous les deux ! Vous devriez être sur le terrain à mener l'enquête ! Que faites-vous ici ?

— On mène l'enquête ! je réplique. Et vous devriez nous suivre, N !

Nous la dépassons et la vieille lutine nous emboîte le pas sans comprendre. Nous nous dirigeons en effet vers le laboratoire de l'Avent-Garde. À peine la grosse porte ouverte, les lutins en blouse nous regardent, étonnés de nous trouver ici. Mais surtout, c'est Prof qui change presque de couleur en nous voyant, au point qu'on pourrait confondre sa tête avec sa blouse.

— Prof ! je parle de ma voix la plus autoritaire. Vous étiez bien nerveux hier, durant l'opération.

— Euh... qui ne l'aurait pas été ? répond-il d'une voix peu assurée. Et puis j'avais peur pour mon beau drone, et vous avez vu ce qui lui est arrivé !

— Ah oui... le drone qui s'est éteint tout seul ! Qui avait la télécommande ?

— Moi, mais...

— Et celle de la caméra de l'équipe de l'UTIN pour l'éteindre à distance ?

— Moi aussi, mais...

— Et qui a conçu tout le système informatique où seul le dossier d'Alban Spectre manquait ?

— M...

La bouche de Prof s'ouvre et se ferme sans produire le moindre son. Il titube, et un de ses assistants est obligé de pousser une chaise à roulettes sous ses fesses pour éviter qu'il ne s'effondre par terre.

— Oh là là ! gémit Prof. Vous avez deviné !

N écarquille les yeux. Au milieu des rides, on ne les voit pas souvent aussi bien, alors on en profite un peu. Mais ses gros sourcils se rabattent ensuite dans une expression de colère.

— Qu'est-ce qu'il se passe ici ? Je ne comprends rien ! s'impatiente-t-elle.

— Houx et moi sommes allés sur le terrain. Et nous n'avons rien trouvé expliquant pourquoi le matériel s'était éteint au signal d'Alban. Ni pourquoi ce garçon était le seul à ne pas avoir son dossier dans l'ordinateur central. Et quel point commun à tout cela ? À chaque fois, c'était du matériel sous le contrôle de Prof !

N se dirige vers le chef du labo qui n'ose même plus lever la tête.

— C'est vrai, c'est moi. J'ai aidé Alban Spectre.

Tous les lutins présents dans la pièce poussent une grande exclamation de surprise.

— Prof ? Mais pourquoi ? demande N, choquée. Pourquoi avoir trahi l'Avent-Garde ?

— Ce n'est pas ma faute... enfin si, un peu... Arrêtez de me regarder comme ça, vous me faites peur !

— J'ESPÈRE BIEN ! rajoute Houx, dont les yeux sont si rouges que le Père Noël paraîtrait orange à côté.

Prof transpire très fort, puisque Houx lui colle les chocottes ! Et à moi aussi, d'ailleurs. Mais enfin, il avoue :

— Je n'ai pas voulu trahir l'Avent-Garde. C'est même exactement l'inverse.

— Quoi ? Tu veux nous faire croire que tu voulais nous aider, en plus ? glapit Houx. C'est du pipeau ! Du mauvais pipeau ! Tellement naze qu'il pourrait servir de musique à l'Usinulle !

—Non, reprend Prof. J'ai bien trahi l'Avent-Garde. Mais si je l'ai fait... c'était pour éviter encore pire !

20 DÉCEMBRE

N
LUTIN
BONBON
BC
CHOCO-LUTIN

TOUJOURS DEMANDER À SON PROF

C’est une drôle d’histoire que Prof nous raconte dans la salle d’interrogatoire pour lutins !

Assis sur une chaise, il a l’air épuisé, et a arrêté de regarder le gros avocat que nous avons posé près de lui et qui a menacé de l’écraser deux fois en basculant. On a dû l’attacher.

L’avocat, pas Prof ! Depuis ses aveux, il s’est gentiment laissé conduire sans faire d’histoire.

N, elle, ne demande justement qu'une seule histoire à Prof : celle de sa trahison. Pendant que Houx et moi l'écoutons à ses côtés.

— Cela fait longtemps que je veux aller sur le terrain, N. Je vous l'ai demandé de nombreuses fois. Vous m'avez toujours répondu « Je voudrais bien mais vous êtes une quiche ». D'accord, je suis nul en sport et meilleur en gadgets, mais je voulais sentir le frisson du terrain au moins une fois ! Alors il y a quelques semaines, j'ai décidé de partir en mission sans autorisation. Grâce au système informatique, je me suis affecté un dossier à gérer, au hasard : celui d'un certain Alban Spectre. Sauf qu'une fois sur place, d'accord, j'ai été nul ! Alban m'a vu, m'a capturé, et a même réussi à faire une vidéo de moi ! Pourquoi me demandez-vous encore cela ?

— Pour vérifier que votre version reste bien la même, explique N. Et puis, malgré tout, je n'arrive toujours pas à croire qu'un de mes lutins a parlé à un humain ! Et un enfant pas sage avec ça !

— Alban m'a menacé de mille maux si je ne lui racontais pas tout !

— Vous n'auriez rien dû dire, même sous la torture ! s'indigne N.

— Il menaçait de déchirer mon bonnet !

Une exclamation retentit dans la salle d'interrogatoire. *Pas les bonnets* ! Il y a des limites à la cruauté !

— J'ai essayé de résister. Je lui ai juste avoué que je travaillais pour une agence qui surveillait les enfants pas sages. Mais là, il a fait le lien avec une de ses amies, Lucie, qui chaque année est bombardée de cadeaux pourris. Comme si quelqu'un s'acharnait sur elle. Il a compris qu'on gérait les cadeaux nazes qu'il recevait à Noël !

Je me tourne, et Houx quitte la pièce en prétextant un besoin pressant à cet instant précis.

— Alors il a fait un marché avec moi, continue Prof. Si je retirais son nom de la liste des enfants pas sages, il me laisserait partir et ne montrerait

la vidéo à personne. Et moi, je voulais être un agent de terrain… Alban m'a proposé de voler l'étoile du sapin du marché de Noël et de me la donner. Comme ça, le 24 décembre, je la « retrouvais », et j'étais un héros !

— Attendez, c'est vous qui avez l'étoile ? demandé-je.

— Euh… oui. En tout cas je sais où elle est.

MAIS JE VAIS LUI FAIRE MANGER SA BLOUSE À CELUI-LÀ ! Enfin, dès qu'il aura fini de tout raconter.

— Ce que je n'avais pas prévu, reprend Prof, c'est que les agents Gui et Houx parviendraient à remonter notre piste malgré toutes mes précautions. Quand il a compris que des lutins d'élite étaient sur ses traces, Alban a décidé de passer à l'étape supérieure : se débarrasser de l'Avent-Garde !

— Tu vas voir qu'il va réussir à nous faire croire que le problème, c'est qu'on a été trop bons ! me chuchote Houx qui revient pile à ce moment-là.

Prof, lui, poursuit.

— Sans nous, les enfants pas sages n'auraient plus jamais à craindre les cadeaux pourris. Forcément, il est allé s'en vanter auprès de son amie Lucie, trop contente d'apprendre que la mystérieuse malchance qui s'acharnait sur elle à chaque Noël allait s'arrêter ! Aussi elle l'a aidé à tendre cette embuscade. Avec mon concours, car il me menaçait toujours.

— Bravo ! s'exclame N. Au lieu d'un lutin, grâce à vous, Alban en a obtenu une dizaine à montrer au monde entier !

— C'est fichu ! Oh là là ! Qu'est-ce que je vais devenir ?

— De la pâtée pour chat, suggère Houx.

— Pas tout de suite, intervient N. D'abord, j'ai quelque chose à faire.

Elle s'approche de Prof, et utilise une technique d'interrogatoire très subtile : les claques sur le nez.

— NON MAIS VOUS ÊTES UNE TRUFFE OU QUOI ? J'AI CONNU DES BOULES DE NOËL MOINS DÉBILES QUE VOUS !

— Aïeeeee ! glapit Prof.

Houx et moi sommes obligés de tirer N en arrière pour qu'elle arrête de malmener le pauvre scientifique. Enfin, pauvre… je ne vais pas trop le plaindre non plus !

— Arrêtez, patronne, dis-je. Il a encore des trucs à nous apprendre !

— Lâchez-moi ! Je vais le transformer en paillettes ! s'indigne N.

— Un instant, intervient ma collègue. L'agent Gui a raison. Prof a peut-être effacé le fichier d'Alban, mais maintenant, c'est lui qui en sait le plus long sur cet enquiquineur, ce kidnappeur de lutins ! Ce… lutinnappeur ?

— Alors, Prof ! je reprends. Où est Alban ? Si vous voulez vous racheter, dites-nous où il se cache, vous devez le savoir !

Les yeux de Prof vont de N à moi. Il comprend vite que s'il ne nous parle pas, on va lâcher la vieille lutine, et qu'elle va encore lui claquer la truffe.

— Oui, c'est vrai ! avoue-t-il. Je le sais… enfin je crois. Alban m'avait expliqué qu'il garderait l'étoile du sapin du marché de Noël chez sa mamie jusqu'au 24 décembre et ne me la demanderait qu'une fois sûr que tout se déroulait comme prévu. Si j'ai bien compris, sa mamie a plein de chats, aussi c'est l'endroit parfait pour éviter que des lutins n'approchent.

Alors à mon avis, il a dû emmener les lutins de l'UTIN au même endroit.

— Et vous savez où c'est, chez Mamie Spectre ? l'interroge Houx.

— Je peux vous donner l'adresse. Si vous empêchez N de me taper !

Notre patronne a la bave aux lèvres. Tellement que ça lui coule dans les rides en formant de petits ruisseaux… Beurk. Je fais semblant de n'avoir rien vu.

— L'adresse de la mamie ou je lâche N ! menace Houx.

Prof pousse un glapissement terrifié.

— Pitié ! crie-t-il. Je vais parler !

— Dépêche-toi, avec toute cette bave, elle glisse, je ne vais plus tenir longtemps…

— D'accord, apportez-moi une carte ! Je vais tout vous dire et même tout vous montrer !

Et dans la minute qui suit, nous obtenons l'adresse. Opération libération de l'UTIN : GO GO GO GO !

21 DÉCEMBRE

LUTIN
BONBON
CHOCO-LUTIN

CHEZ MAMIE SPECTRE

N mâchonne sa cigarette en chocolat sans quitter des yeux le petit pavillon identifié comme celui de la mamie d'Alban. Nom de code : Mamie Spectre. La patronne a déployé les grands moyens pour cette mission. Elle a récupéré tous les agents disponibles pour nous les attribuer en renfort.

Bon, ça fait que nous ne sommes qu'une dizaine, mais, eh ! Nous sommes à trois jours du réveillon, et ne pas s'occuper des autres enfants pas sages reviendrait à laisser Alban gagner !

Sur le capot de l'une des mini-voitures garées devant le muret de la maison, N étale une carte des lieux.

— Je vous rappelle nos objectifs du jour : libérer nos agents, récupérer l'étoile du marché de Noël, et arrêter ce gredin d'Alban Spectre ! Son vélo est dans l'allée du garage. Seul problème, la maison est remplie de chats.

— Ça va être une mission... au poil ! dit Horatio Renne en enfilant ses lunettes de soleil.

— Rohlàlà...

Nan, vraiment, les blagues d'Horatio sont insupportables. Je regrette que N l'ait appelé.

— Je disais, reprend-elle en jetant un regard noir à Horatio, que nous allions devoir affronter ces chats. Et ce, avec très peu de gadgets puisque Prof est, ahem, indisponible.

— Pratique, ironise Houx.

— Ne vous inquiétez pas, dit N avec un sourire en coin. J'ai appelé des renforts qui n'ont pas besoin de matériel pour avoir du piquant.

— Oh non…, pâlit ma coéquipière. Vous n'avez pas appelé…

Une voix l'interrompt.

— Ouais les gros, on est dans la place.

— LES HÉRISSONS ! dis-je en bondissant en arrière.

Le gang que nous avons déjà rencontré s'approche de nous. Et moi, comme les autres lutins, je me recule prudemment ! Mais N nous fait signe qu'il n'y a rien à craindre, et vient se planter devant la bande couverte de piquants.

— Tout de même, dit-elle, j'ai failli attendre.

— Vous vous êtes alliée aux hérissons ?! s'insurge Houx.

— Ils ont tout ce qu'il faut pour remplacer l'UTIN le temps de la mission : ce ne sont pas les chats qui leur font peur !

— Ouais mec ! approuve l'un d'entre eux en se curant les dents avec un picot. Les matous, on leur frise les poils !

— Neutraliser les chats, d'accord... mais pour la mamie d'Alban ? demande ma collègue.

— Pour ça, j'ai la solution ! dis-je. Il suffit de régler discrètement sa télé sur un feuilleton tout nul, et paf ! Ça attire automatiquement les mamies et ça les occupe des heures ! Surtout les téléfilms de Noël nullos avec des bisous à la fin et...

Je remarque que N me jette un regard méchant. Oups ! Elle adore les téléfilms de Noël avec des bisous à la fin. En même temps, c'est une mamie... mais je ne vais pas lui faire remarquer.

— J'envoie une équipe s'occuper de la télé, enchaîne enfin N à mon grand soulagement. Houx et Gui, vous partez avec les hérissons pour retrouver Alban ! Utilisez vos s'grapins et ligotez-le avant qu'il ne remue un orteil ! Alors, prêts ?

— Prêts !

Houx et moi claquons des talons.

— Mais ouais, grave prêts ! renchérissent les hérissons.

— Alors… EN AVANT ! hurle N.

Et c'est parti ! Lutins comme hérissons foncent vers la maison ! Le gros de la troupe encercle la bicoque, prêt à intercepter Alban s'il tente de s'échapper, pendant qu'Horatio et trois agents partent bidouiller la télé de la mamie. Quant à Houx et moi, nous courons, entourés par nos piquants alliés. Et ma coéquipière n'est clairement pas rassurée… moi non plus d'ailleurs !

Mais sitôt que nous arrivons à la porte, nous avons un problème encore plus inquiétant : on peut entendre des miaulements à l'intérieur. Plein de miaulements ! Nous attendons d'entendre le générique d'*Amour, Gloire & Mémés* à la télévision, qui signifie que la diversion a commencé. Et un, deux…

— On enfonce la chatière ! crie Houx en donnant un coup d'épaule dedans.

Bam ! Elle s'ouvre en grand et les hérissons se déversent dans la maison en roulant sur eux-mêmes.

— Ouais ouais, on est dans la plaaaace ! crie leur chef. Allez les gars, technique pique-à-pique !

Nos amis du jour forment un carré autour de nous, tellement serré que c'est à peine s'ils ne me mettent pas leurs picots dans le nez.

Mais je ne me plains pas quand d'énormes chats débarquent de partout et se mettent à miauler, feuler et cracher en voyant que deux délicieux lutins sont entourés d'un tapis de picots !

Un chat tente bien sa chance, mais une épine dans son museau le fait s'enfuir en criant, le poil hérissé.

— Bien fait ! crie Houx. C'est ça, déguerpissez les chats ! Allez manger de la pâtée !

Les hérissons, eux, progressent lentement pour rester en formation. Nous avançons au milieu des monstres poilus et miauleurs qui ne nous quittent pas des yeux mais ne peuvent nous approcher, jusqu'à arriver à la porte d'une chambre avec « Alban » inscrit dessus.

— C'est là ! dis-je tout excité.

Nous entrons dans la chambre entourés de notre muraille de picots mouvants, les s'grapins à la main prêts à entortiller Alban, mais...

Personne.

Un lit, des jouets, un ordinateur, tout montre qu'Alban était ici il n'y a pas longtemps, mais aucune trace de lui.

Sous son lit, par contre, une cage contient toute l'équipe de l'UTIN ! Ils gesticulent, et sont obligés de s'éloigner des barreaux quand les chats reportent leur colère sur eux.

— Vite ! supplie l'un des lutins d'assaut. Sortez-nous de là ! Ça fait des heures que ces maudits chats veulent nous grignoter !

— Où est Alban ? crie Houx pendant que nous nous dirigeons vers eux.

— Parti ! Vous arrivez trop tard, se désole l'un d'entre eux. Mais sortez-nous de là et on vous dira tout !

— On arriiiiive ! crie un hérisson. Les mecs ! Mode roulé-boulé !

Les hérissons se roulent en boule et foncent dans toute la chambre comme des boules de billard. Ils rebondissent sur les murs, filent en sens inverse, et ça devient un vrai enfer pour les chats qui passent

leur temps à les esquiver ! Quelques boules de picots se rentrent dedans, mais, dans l'ensemble, ça marche et les chats sont tenus à distance pendant que nous allons ouvrir le loquet de la cage de nos compagnons. Les soldats de l'UTIN en sortent rapidement avec une discipline impeccable. Leur chef nous salue.

— Merci, agents ! L'UTIN, au rapport et au complet ! À vos ordres !

— Mes ordres, grogne Houx, ce serait que vous nous disiez ce qu'il s'est passé avec Alban. Où est-il ?

Le chef de l'UTIN secoue la tête.

— Sortons d'ici et je vous dirai tout. Mais vous n'allez pas aimer ce que vous allez entendre ! Alban est VRAIMENT diabolique !

On n'est pas encore en sécurité mais j'ai hâte d'en savoir plus !

22 DÉCEMBRE

LUTIN
BONBON
CHOCO-LUTIN

ÇA SENT LE SAPIN !

Le chef de l'UTIN, enfin propre et rassuré après avoir été libéré, soupire.

— Patronne, je vous ai déjà tout dit.

— Et pourtant, nous n'avons toujours pas trouvé Alban ! Alors répétez-moi encore tout ça ! Il y a forcément un indice à côté duquel nous passons !

Le lutin aux traits tirés par ce qu'il a vécu ces derniers jours recommence à parler d'une voix lointaine, comme s'il se perdait dans ses souvenirs.

— Alban savait que vous viendriez. Il a toujours un coup d'avance sur nous ! Alors pendant notre captivité, il nous a pris en photo, filmés... bref, il a enregistré toutes les preuves possibles et imaginables qu'il pourra diffuser au monde entier ! Le reste du temps, il nous enfermait dans la cage, et nous étions entourés de ces maudits chats qui voulaient nous boulotter. Oh, patronne, laissez-nous y retourner, qu'on leur lustre les moustaches façon l'UTIN !

— Il aurait peut-être fallu le faire avant, le provoque Houx. Parce qu'on a dû venir vous sauver les grelots. Et en se faisant aider de hérissons, c'est la honte !

— Ben oui mais bon... ça faisait beaucoup de chats quand même !

De mon côté, je soupire : le temps passe et on se rapproche du 24 décembre ! Sauf qu'avec tout ça, Alban est toujours introuvable, et avec une vidéo prouvant l'existence des lutins ! Et visiblement, il a tout prévu. Comment rattraper un garçon suffisamment malin pour toujours nous devancer ?

— Récapitulons, dis-je. Alban est caché quelque part, et attend le réveillon pour révéler l'existence des lutins, histoire de ruiner Noël à tout jamais !

— C'est ça, approuve Houx. Sauf si nous cédons à son chantage. Et ça, jamais !

— Justement, dis-je. C'est dans la procédure qu'on nous apprend à l'académie et...

— Rah, tu nous fatigues avec l'académie ! s'exclame ma coéquipière. C'est bon, on n'apprend pas à gérer ça, là-bas !

— Mais on nous apprend à toujours rester en contact, j'ajoute fièrement. Or, Alban ne nous a pas expliqué comment le contacter pour lui répondre que nous acceptions ses conditions.

Tout le monde cligne des yeux. Aha ! Je marque un point !

— Il a peut-être oublié ? suggère Houx.

— Malin comme il est ? Oh que non !

— Ou bien peut-être comptait-il sur Prof pour lui raconter ce qu'il se passait dans l'agence ? ajoute N.

— Mais maintenant que Prof est hors d'état de nuire ?

— Hmmm… peut-être que c'est une grosse andouille ? tente le chef de l'UTIN.

Alors lui, il ferait bien de ne pas trop la ramener car ça signifierait qu'il s'est fait avoir par une andouille ! Et au regard qu'elle lui lance, N a l'air de penser comme moi. Non, j'ai une autre théorie.

— Sans Prof pour le renseigner, si Alban n'a donné aucun moyen de le contacter, c'est qu'il sait ce qu'il se passe chez nous d'une autre manière. Bref : il nous espionne. Et s'il nous espionne…

— C'est qu'il n'est pas loin !

Houx frappe la paume de sa main de son poing. Ça y est, elle voit où je veux en venir !

— Tu crois qu'il se cacherait près d'ici ? demande-t-elle. Pour voir si nous fermons l'agence ?

— Franchement, nous fouillons partout sauf dans la forêt, car nous pensons qu'elle est sûre. C'est l'endroit parfait pour se cacher puisque nous n'y regardons pas !

Le chef de l'UTIN se gratte le menton.

— Maintenant que vous en parlez, reprend-il, c'est vrai que lorsque nous étions prisonniers et qu'Alban s'absentait, il rentrait souvent avec les chaussures sales et des trucs bizarres sur les vêtements...

— Des trucs bizarres ?

— Oui, des espèces de baies écrasées et des épines... je pensais qu'il mangeait simplement des yaourts à la framboise comme un cochon, mais c'est peut-être important ?

Houx lève les yeux au ciel.

— Nan mais l'autre, il pense que notre suspect s'absentait pour aller MANGER DES YAOURTS À LA FRAMBOISE PLEIN D'ÉPINES ! Tu crois que ça fait ça, les grands méchants ?!

— C'est vrai que dans les films, on les voit peu aller dans le jardin manger des desserts aux fruits, avoue le lutin.

— Allez me chercher Horatio ! ordonne N. Et vous, décrivez-nous ces baies que vous avez vues sur les vêtements d'Alban le plus précisément possible.

Elle sort un nuancier de sa poche et commence à en présenter les différents cartons de toutes les couleurs qui le composent. N constate que nous sommes un peu surpris de la voir se promener avec ça.

— Oui, bon, je voulais refaire la peinture de mon bureau, et alors ? Je ne peux pas être patronne d'une agence super secrète et aimer les émissions de déco ?

Non, vraiment : N, c'est trop une mamie.

* * *

Horatio écoute une nouvelle fois la description des bouts de fruits et d'épines faite par l'agent de l'UTIN.

— Effectivement, c'est suspect. Très suspect. La couleur, la hauteur à laquelle ils se trouvaient sur les vêtements du garçon et qui donne un aperçu de la taille de la plante... oui, j'ai une bonne idée de ce que cela peut être.

Il marque une pause.

— Nan mais c'est le moment que vous choisissez pour mettre du suspense ? s'exclame Houx.

— Oui, euh, bon, ça va... Eh bien, figurez-vous que je sais ce que c'est : c'est une baie de pyracantha, aussi appelée « buisson-ardent », un buisson de la famille des *Rosaceae* et de la sous-famille des *Maloideae* qui...

J'imite des ronflements SUPER FORTS pour faire comprendre à Horatio qu'en fait, on s'en moque ! C'est une enquête ici, pas une soirée jardinage !

— Ce que je veux dire, explique Horatio, c'est que c'est une plante assez commune, mais qui, dans la région, pousse plus particulièrement dans un coin de la forêt où nous nous trouvons. Or, il n'y a qu'un seul endroit dans ce secteur où un être humain pourrait passer du temps sans se geler les grelots.

Il déroule une carte sur la table, et tapote un endroit pas très éloigné de notre arbre où l'on aperçoit une vieille cabane de bûcheron.

— Par un heureux hasard, il se trouve que cette vieille bicoque abandonnée est entourée de buissons-ardents. Raison pour laquelle il est difficile d'y entrer et qu'on pensait que les humains n'y venaient plus. Mais un jeune garçon est assez petit pour s'y faufiler.

— Alban se cacherait juste sous notre nez ? demande Houx.

— Et pire encore, il doit régulièrement nous observer, dis-je. Alors mieux vaut se préparer discrètement… et lui tomber dessus avant qu'il ne comprenne ce qui lui arrive.

N approuve.

— Bravo, c'est du bon boulot !

Horatio fait une blague sur le hêtre et le boulot, et N lui lance un vieux chocolat en plein bonnet pour lui apprendre. Mais l'important n'est pas là. L'important, c'est qu'on a une piste !

Eh ouais, Alban. Tu as oublié un truc : tu es tombé sur les meilleurs agents de toute l'Avent-Garde ! Tu aurais dû être plus prudent. Je sais qu'on a dit plus d'une fois qu'on arrivait pour s'occuper de tes fesses...

Mais cette fois, C'EST LA BONNE !

23 DÉCEMBRE

LUTIN
BONBON
CHOCO-LUTIN

BONSOIR, ALBAN !

— EN AVANT !

Après une journée de préparatifs, ça y est ! La vieille cabane de bûcheron est entourée de lutins en costume d'agent, de forces spéciales de l'UTIN, et d'une bonne dizaine de mini-véhicules armés de s'grapins et de lance-boulas, prêts à entortiller tout ce qui sortira de la maison.

Évidemment, on a fait un peu de potin en arrivant : les sirènes qui jouent *Vive le vent d'hiver* et les lumières clignotantes, ça n'est pas très subtil...

Mais on s'en moque, on est là pour en finir avec le plus terrible, le plus fourbe, le plus vilain des enfants pas sages ! Se préparer, c'était discret, mais pour la baston, sortons les flonflons !

— Hein ? Comment m'avez-vous repéré ? s'écrie Alban Spectre. Mais c'est trop tard ! Vous ne m'aurez pas !

Le garnement vient d'ouvrir la porte de la cabane d'un coup, et en sort avec un gros blouson rembourré et un énorme bonnet, mais visiblement prêt pour la bagarre. Il fait de grands gestes menaçants avec les poings, et frappe le sol de ses énormes pieds d'humain, menaçant d'écraser tous les lutins qui s'approchent.

— Boulas, feu ! ordonne N, grimpée sur un camion.

Un fusil à air comprimé reconverti en tromblon à boulas envoie le projectile depuis le toit d'un mini-camion. Alban pousse un grognement furieux, et l'évite d'un bond, avant de piétiner les boules de Noël qui viennent de tomber au sol près de lui.

— Ha ha ! Vous pensez m'arrêter avec ça ? rit-il. Bon courage !

— Pas avec « ça », rétorque N. Avec une bonne douzaine de « ça » !

Des autres camions sortent des armes identiques, et plop ! plop ! plop ! Des boulas partent de toutes les directions ! Alban fait moins le malin, car en esquiver un, c'est facile, mais six ou sept à la fois, c'est une autre paire de moufles ! Il pousse un grognement furieux lorsqu'un boulas vient s'enrouler autour de son torse et d'un de ses bras, l'empêchant de le bouger. Un deuxième s'entortille autour d'une jambe, sans parvenir à attraper l'autre. Un troisième se resserre autour de sa tête, et Alban commence à ressembler à un sapin de Noël.

— C'est bon ! crions-nous. Il est saucissonné !

— Que vous croyez !

Alban sort un couteau suisse de sa poche, et, même entortillé, il arrive à couper ses liens les uns après les autres ! Un vrai petit scout, mais euh... en version maléfique ! Il se redresse et le temps que nous rechargions les armes, il a déjà commencé à courir en se faufilant entre les arbres.

— Ha ha ! Jamais vous ne m'aurez ! glapit-il en voyant les boulas qui se prennent dans les branches sans l'atteindre.

Notre matériel n'est pas vraiment fait pour courser une cible dans les bois !

Nous fonçons à toute vitesse sur les camions et voitures de l'agence à sa poursuite, sirènes hurlantes. Mais Alban saute au travers de buissons, bondit par-dessus des fossés, et parvient à nous ralentir jusqu'à ce qu'il se rapproche dangereusement de la ville où nous ne pourrons le poursuivre sans révéler notre existence...

— Ha ha ha ! triomphe Alban. À plus, les luti-nuls ! On se retrouve le 24 décembre, quand je...

Soudain, une voix résonne entre les arbres.

— DAME MITE !

— JACK BOTTEUR ! crions-nous tous en chœur.

L'ancien agent a bondi hors d'un buisson, un s'grapin dans chaque main, et un air méchant sur le visage. Il n'est pas content, et en voyant ses yeux pleins d'autorité, même Alban sent bien qu'il va passer un sale quart d'heure.

Pan ! Pan !

Deux coups de s'grapin, et en un instant les sapins traversent le gros blouson d'Alban pour aller se planter dans un arbre juste derrière. Le pauvre garçon se retrouve cloué là, et le temps qu'il tente de se libérer, Jack l'a déjà escaladé pour arriver jusqu'à son épaule. D'où il attrape l'oreille d'Alban et lance d'une voix qui ne laisse aucun doute :

— Je m'appelle Jack Botteur… tu veux savoir pourquoi ? Ou tu tiens à tes fesses ?

Le garçon déglutit bruyamment. Il a compris que ça allait barder. Et de toute façon, nos véhicules l'encerclent bien vite.

Dans le doute, on lui envoie une demi-douzaine de boulas pour le ligoter, alors que Jack lui confisque son couteau suisse.

— Vous m'avez eu, d'accord…, avoue Alban. Mais c'est trop tard ! Bien trop tard ! La vidéo révélant l'existence des lutins sera diffusée quand même ! Demain soir, le monde entier saura que vous existez. Vous pensez avoir gagné ? Mais non ! Mon plan ne peut plus être arrêté !

— Hein ? Qu'as-tu fait ?

— Vous pensiez que je n'avais pas prévu cette situation ?

Il sort son autre main de sa poche, et révèle un boîtier avec un gros bouton rouge. Enfoncé.

— Désolé, les lutins, rit-il, mais j'avais prévu le coup ! Mon plan est inarrêtable à présent ! À la fin de ce compte à rebours, mon téléphone postera automatiquement en ligne la vidéo prouvant l'existence de votre agence ! À minuit, vous aurez le cadeau le plus pourri de tous les Noëls : la fin de votre secret, et de votre misérable agence d'enquiquineurs ! Désolé, les nabots, vous avez voulu m'attraper au lieu de m'obéir ? Très bien ! Mais je gagne quand même !

— N ? Qu'est-ce qu'on fait ?

— Je suis un peu inquiète, je dois le reconnaître, dit la vieille lutine en sautant au bas d'un camion de l'agence. Alban est vraiment trop énervant, il vient de nous pourrir notre victoire ! Alors vous allez me retrouver son téléphone. D'ici demain soir.

— Et lui, qu'est-ce qu'on en fait ?

— On va le flasher à la guirlande et le renvoyer chez lui, ordonne N. La seule chose dont il se souviendra, c'est d'avoir eu un Noël trop NUL. Mais

en attendant… Elle escalade le garçon, jusqu'à atteindre son épaule.

— On va lui diffuser tellement de chansons de Noël qu'il va regretter d'avoir croisé notre route !

La suite ? J'ose à peine la décrire tant elle est terrible.

Je crois que le moment le plus terrifiant a été lorsque N est allée chercher son enregistrement « Toutes les musiques de Noël intégralement jouées à la flûte en classe de musique par des élèves de sixième ».

Une cassette qu'elle gardait dans une caisse en plomb, persuadée qu'aucun enfant ne serait jamais assez horrible pour la mériter. Mais Alban est allé trop loin… et il en fait les frais !

Note pour plus tard : N n'a AUCUNE limite !

24 DÉCEMBRE

LUTIN
BONBON
CHOCO-LUTIN

SAUVONS NOËL !

Alban Spectre est hors jeu. Il s'est mangé tellement de flashs de guirlandes dans la margoulette que c'est à peine s'il se souvient d'être allé à l'école ce mois-ci. Quelque part, c'est peut-être un cadeau !

Mais en attendant, son téléphone est introuvable. Et nous avons jusqu'à minuit pour mettre la main dessus !

Sauf qu'il est presque 23 heures et que nous n'avons toujours rien trouvé !

— Réfléchissons, suggère Houx. Alban a expliqué qu'il avait caché son téléphone dans un endroit où l'on ne risquait pas de le découvrir.

— Et avec du réseau. Donc, sûrement en hauteur !

Un immeuble ? La tour Eiffel ? Un très grand joueur de basket ?

— Soyons professionnels, reprend Houx en se grattant le bonnet. Nous connaissons Alban. Si j'étais lui, où me cacherais-je ?

— Il s'était caché dans la forêt, dis-je.

— La forêt a un mauvais réseau !

— Alors retenons qu'il s'était caché tout près de nous. Persuadé que nous n'irions pas fouiller un endroit trop connu.

— Et si c'était ça ?

Houx tourne en rond, à tel point que ses pieds laissent des traces en cercle sur le plancher du bureau.

— Si c'était quoi ?

— Un endroit que nous connaissons si bien que nous ne penserions pas à le fouiller ! Et en hauteur... en ville pour avoir du réseau...

— Comme... un grand arbre en ville ?

Houx et moi écarquillons grand les yeux.

— LE SAPIN DU MARCHÉ DE NOËL !

Je regarde ma montre.

— 23 heures ! Nous avons une heure pour tout stopper !

— Alors pas de temps à perdre, en voiture, vite !

Nous fonçons jusqu'à l'ascenseur de l'Avent-Garde, et nous filons jusqu'au parking souterrain pour bondir dans une voiture. Sirène, lumières :

— C'est parti pour sauver..., commence Houx.

— Noël ? Le monde des lutins ? proposé-je.

— Le monde tout court, allez ! Mets ta ceinture, Gui, on fonce !

Effectivement, ma collègue ne plaisante pas. Je pensais qu'elle conduisait vite, avant : là, c'est à peine si je peux bouger tant je suis collé dans mon siège.

Au détour d'une rue, nous apercevons des hérissons qui squattent un passage piéton. Houx klaxonne, met des coups de sirène, hurle « Bougez-vous ! » par la fenêtre, et passe entre deux hérissons sans ralentir. Si près d'eux qu'on a des picots plantés dans le rétroviseur !

— Plus vite ! Plus vite !

Heureusement que nous sommes le soir de Noël, car la plupart des humains sont chez eux à faire la fête, et iront bientôt se coucher en attendant que le Père Noël passe. Les rues sont désertes, et nous atteignons bientôt la place du marché de Noël.

Un énorme dérapage, et ma collègue arrête la voiture à un demi-centimètre du tronc de l'énorme sapin.

— Bon, dis-je en levant les yeux face à cette masse qui mesure près d'une bonne cinquantaine de lutins de haut, peut-être plus. Tu me passes le s'grapin ?

— Euh…, toussote Houx. Je crois qu'on était si pressés qu'on a oublié de s'équiper en partant…

— Attends, on va devoir escalader tout ça sans matériel ?!

Elle se prend le visage dans les mains.

— On n'y arrivera jamais ! gémit-elle.

— Seulement si on n'essaie pas... Allez, on y va !

On commence par se hisser grâce à une guirlande qui traîne au sol, on se faufile sur les branches basses, on attrape une branche plus haute, et ainsi de suite.

Petit à petit, le sol se fait de plus en plus lointain.

— Oh là là, j'ai le vertige ! finis-je par avouer.

— Ne regarde pas en bas !

Sauf qu'évidemment, plus on le dit, plus ça donne envie de regarder ! Mais allez, ho ! hisse ! Plus haut ! Toujours plus haut ! L'ascension est longue, épuisante, et je manque de glisser sur des boules de Noël, mais finalement nous arrivons au sommet.

Et tout ce que nous trouvons est l'étoile de Noël, que l'Avent-Garde a replacé là après que nous l'avons récupérée chez Alban le garnement.

— Rien ! Par la barbe du grand patron !

J'ai presque envie de pleurer. Nous nous sommes trompés et il est 23 h 57… c'est fini ! Je donne un grand coup sur l'étoile tant je suis énervé. Ce n'est pas très gentil mais… eh ! Elle sonne creux ?!

— Houx, aide-moi ! dis-je.

À l'aide d'une décoration sucre d'orge, nous frappons l'étoile jusqu'à en casser un morceau. À l'intérieur se trouve un téléphone !

— Nom d'un lutin ! s'exclame Houx. Alban avait caché son téléphone dans l'étoile ! Comme ça, si jamais on débarquait chez lui pour le capturer… en récupérant l'étoile et en la remettant à sa place, nous installions nous-mêmes le téléphone à l'endroit idéal pour envoyer la vidéo !

— Il est DIABOLIQUE !

Je m'empresse d'étudier le montage d'Alban. Le téléphone a été ouvert, et ses fils entortillés avec ceux du système qui allume l'étoile tous les jours à minuit. Il n'est pas compliqué de deviner que lorsque le sapin va s'illuminer dans quelques minutes, le téléphone s'allumera et enverra la vidéo programmée en ligne ! Je me penche sur le système en suant à grosses gouttes qui détrempent mon bonnet.

— OK, Houx, dis-je, appelle Jack Botteur ! Explique-lui que nous sommes face à un système de guirlande électrique de type X987YC424, avec régulation automatique du courant. Il comporte trois câbles, un noir, un rouge et un bleu. Il faut qu'il regarde lequel je dois couper avant que le compte à rebours de l'allumage automatique n'arrive à zéro ! Combien de temps reste-t-il avant minuit ?

— Trente secondes !

Pas de panique. Déstresse, Gui ! Tu dois couper un fil. Si tu coupes le mauvais, tu vas juste casser le compte à rebours et lancer le courant, et le téléphone s'allumera. Tu as une chance sur trois. Concentre-toi. Noir, rouge, bleu...

Paf.

Je lève les yeux et je constate que Houx vient de donner un coup sur le téléphone avec sa décoration sucre d'orge. L'écran du téléphone se fendille, puis éclate en mille morceaux.

— Oui, dis-je, c'est vrai que casser le téléphone, ça marche aussi.

— Merci, Gui. Je crois qu'on peut dire que nous avons sauvé la situation...

Un grésillement se fait entendre : c'est la guirlande du sapin qui s'allume ! Le courant passe, et toutes les branches au-dessous de nous s'illuminent. Puis celles à notre niveau. Et enfin, l'étoile, bien qu'il en manque un gros bout, se met à scintiller.

Rien d'autre ne se passe : nous avons assuré ! Houx et moi nous tapons dans la main.

— Joyeux Noël, Gui !

— Joyeux Noël, Houx !

Nous regardons le ciel, et, cette fois-ci, entendons des grelots, et un grand rire : « ho ho ho » ! Au-dessus de nous passe un éclair rouge.

— C'est le grand patron ! commente ma coéquipière. Juste à temps ! Un peu plus et il aurait moins rigolé...

— Et il n'en saura jamais rien. Rentrons annoncer la bonne nouvelle à N. Houx ? demandé-je enfin.

— Oui ?

— C'est comme ça tous les ans, à l'Avent-Garde ?

Houx se met à rire.

— Ça dépend : attendons de voir ce qu'il se passera l'année prochaine ! Et pour l'instant... profitons de onze mois de vacances bien méritées !

LUTIN
BONBON
CHOCO-LUTIN

Les lutins de Noël existent-ils ?

Chez Auzou, oui. Car ce roman est le fruit de toute une équipe. Du premier appel façon « Salut Julien, on aimerait une histoire loufoque pour Noël, on a pensé à toi ! » (je ne sais pas comment le prendre :o) jusqu'au livre que vous tenez entre les mains, quantité de petites mains se sont penchées sur ce récit et y ont toutes ajouté leur patte. Dans une ambiance pleine de rires pour un résultat qui, on l'espère, vous plaira !

On vous souhaite donc tous un super Noël sans cadeaux pourris.

Sinon VOUS SAVEZ CE QUE ÇA VEUT DIRE !

JULIEN HERVIEUX

D'AUTRES AVENTURES POUR ATTENDRE NOËL...

24-32, rue des Amandiers, 75020 Paris – France
Mise en pages: Nord Compo
Correction : Caroline Vanhoove, Claire Gaillard

Loi n° 49-956 du 16 juillet 1949 sur les publications destinées à la jeunesse, modifiée par la loi n° 2011-525 du 17 mai 2011.
Dépôt légal : septembre 2022.
Imprimé en Serbie. Printed in Serbia.

FSC
www.fsc.org
MIXTE
Papier issu de sources responsables
FSC® C117682